**Alubots Abenteuer**

# Maria Seeger

# Alubots Abenteuer

Science-Fiction-Abenteuer

© 2004 Maria Seeger
Herstellung und Verlag: Books on Demand GmbH, Norderstedt
ISBN 3-8334-1424-3

# Inhalt

# Der Plan der Eisenroboter

## 1. Abenteuer

### Maria Seeger

„Robbi ist weg, einfach weg!"

Pit konnte an nichts anderes mehr denken und wandte sich Hilfe suchend an seine Mutter.

„Kannst du dir das vorstellen, Mama? Wo kann Robbi denn nur sein, ich will ihn doch wiederhaben?"

Gestern noch hatte er seinen Freunden den brandneuen Spielzeugroboter vorgeführt. Alle hatten sie ihn bestaunt und gelobt: „Toller Roboter, sieht megastark aus!"

Sogar Detlef hatte das zugegeben, und der war nicht so leicht zu beeindrucken. Fünfmal war Robbi im Kreis vor ihnen herumspaziert, und genauso oft hatte er *„Hallo, ich bin Robbi!"* geschnarrt. Doch dann waren sie alle lieber wieder auf den Spielplatz gelaufen, um weiter Fußball zu spielen, nachdem Pit Robbi vorher noch schnell als Zuschauer ins Gras unter die große Linde am Rande des Spielplatzes gesetzt hatte. Am Abend jedoch hatte er glatt vergessen, ihn wieder einzusammeln und mit nach Hause zu nehmen; das Spielzeug war unter der Linde liegen geblieben.

Pit war deshalb heute Morgen schon vor dem Frühstück losgestürmt, um Robbi nach Hause zu holen. Aber der Platz unter der Linde war leer, irgendjemand war ihm zuvorgekommen und hatte Robbi mitgenommen.

Verstohlen wischte Pit sich mit dem Pulloverärmel ein paar Tränen aus den Augen. Mit sechs Jahren musste man doch schon *c o o l* bleiben, oder? Aber das Müsli wollte ihm trotzdem nicht schmecken.

„Du solltest den Hausmeister fragen, er könnte deinen Robbi gefunden haben. Er geht dort jeden Morgen mit seinem Hund spazieren. Oder vielleicht hat jemand Robbi bei ihm abgegeben."

Seine Mutter schien zuversichtlich und das tröstete Pit ein wenig. Gleich nach der Schule wollte er zu Herrn Nockel laufen, aber die Zeit bis dahin war ja noch so lang. Dennoch schluckte Pit tapfer den letzten Löffel Milch hinunter, in der nur noch wenige Haferflocken schwammen, und schnappte sich seinen Ranzen. Er musste sich beeilen, der Schulbus wartete bestimmt nicht, und seine Lehrerin sah es auch nicht gern, wenn man zu spät kam.

„Tschüs, Mama, bis später!", rief er seiner Mutter zu, stürmte die Treppe hinunter und zur Tür hinaus.

An diesem Vormittag hatte Pit große Schwierigkeiten, sich auf den Unterricht zu konzentrieren. Immer wieder schaute er auf seine Armbanduhr, doch die Zeiger wollten sich einfach nicht schneller bewegen.

Endlich, nach vier Stunden Unterricht, einer schier endlosen Heimfahrt mit dem Bus und dem Mittagessen, hatte Pit einen Moment Zeit, zum Hausmeister zu gehen. Doch auch Herr Nockel hatte Robbi nicht gesehen.

„Nee, nee, mein Jung, tut mir Leid!" Er schüttelte bedauernd den Kopf. „Frag lieber deine Spielkameraden!"

Doch da er den Spielplatz als Letzter verlassen hatte und seine Freunde Robbi aus diesem Grunde nicht mitgenommen haben konnten, ließ Pit niedergeschlagen den Kopf hängen.

Um ihn ein wenig aufzumuntern, scherzte Herr Nockel noch:

„Vielleicht ist der Roboter in geheimer Mission unterwegs. Du weißt doch – so wie die Helden im Fernsehen. Ich würde auch gern mal in der Welt herumreisen."

„Das könnte dir so passen, Heinrich!", sagte Frau Nockel, die nur wenige Schritte hinter ihrem Mann stand, und drohte mit dem Finger. „Sieh lieber zu, dass der Abfluss endlich repariert wird!"

Herr Nockel zwinkerte Pit zu und flüsterte: „Da ruft die Stimme der Vernunft, mein Jung, ich muss wieder an die Arbeit."

Enttäuscht und völlig ahnungslos, was der Grund für das plötzliche Verschwinden von Robbi war, lief Pit nach Hause.

Doch was war eigentlich wirklich geschehen?

## Robbis Verschwinden und die Eisenroboter

Die Lichter in den Wohnblöcken rechts und links der Strandstraße waren gerade erloschen, als kleine Hände aus Metall die Einstiegsluke eines ungewöhnlichen Gefährts aufschoben, das unbemerkt neben der großen Linde am Spielplatz gelandet war. Fremdartige Wesen schwangen mühsam ihre eisernen Beine heraus und hüpften ins Gras. Aufgeregt umringten sie gleich darauf einen im Mondlicht glänzenden Gegenstand, der ihnen in Gestalt und Größe entfernt ähnelte. Kurzerhand führten sie einen Test an ihrem Fund durch, der offensichtlich zu ihrer Zufriedenheit ausfiel. Pits vergessenes Spielzeug schien die Grundvoraussetzung für eine überaus wichtige Aufgabe zu erfüllen. Wenig später zerrten sie es eifrig zu ihrem Gefährt hinüber und hievten es hinein.

Sorgfältig verstaute die rätselhafte Truppe ihre Beute und schloss die Luke. Nachdem ein hoher Pfeifton die nächtliche Stille durchdrungen hatte, schoss das Gefährt zum Sternenhimmel empor. Wäre irgendein Mensch wach gewesen, hätte er wohl seinen Augen nicht getraut und das Ganze als eine Sinnestäuschung abgetan, denn wer würde schon freiwillig zugeben, gerade ein UFO gesehen zu haben. Wohlgemerkt – wäre und hätte, aber die Bewohner der Strandstraße schliefen sowieso tief und fest.

Die Crew des unbekannten Flugobjekts setzte sich aus kantigen Eisenrobotern zusammen, die es unglaublich eilig hatten zu ihrer Basis zurückzukehren. Mit hoher Geschwindigkeit steuerte das Schiff einen fernen Planeten an. Allerdings war der Funkspruch, der ihm in Richtung Zielort vorauseilte, noch um einiges schneller.

**„... Mission erfolgreich beendet, ...**
**... sind auf dem Rückflug ...!"**

Inzwischen lag Pits Spielzeugroboter auf einem langen Tisch in einem Raum, der mit Messgeräten und Werkzeug geradezu voll gestopft war. Noch konnte er nur auf Knopfdruck *„Hallo, ich bin Robbi!"* sagen und im Kreis herumstelzen, aber das ließ sich nach Meinung seiner Finder leicht ändern.

Eine ungeheure Betriebsamkeit ergriff die Mannschaft. Viel zu lange hatte die

Suche nach einem geeigneten Objekt in fremden Welten schon gedauert, doch jetzt endlich schienen sie am Ziel ihrer Träume zu sein. Es dauerte nicht lange, da hatten sie den Spielzeugroboter regelrecht auf den Kopf gestellt, ihn hier und dort aufgeschraubt und kleine hochkomplizierte Bauteile und ein Gewirr von Kabeln in seinen Metallkörper eingesetzt. Mit einem Mal jedoch kam die emsige Arbeit ins Stocken, als eine ernst zu nehmende Schwierigkeit das Projekt zu bedrohen schien.

„Das Computergehirn XXL passt nicht in seinen Kopf, es ist eindeutig viel zu groß", stellte der tonangebende Eisenroboter verärgert fest, während er zum Vergleich das Bauteil neben den Kopf des Spielzeugroboters hielt.

„Du hast Recht, Ingenieur", bestätigte einer der Gehilfen entsetzt. „Aber was machen wir dann? General Ferrum schraubt uns die Köpfe ab, wenn wir versagen. Er ist gnadenlos!"

„Wir haben den Funkspruch viel zu früh abgeschickt!", klagten die anderen Roboter. „Wir hätten ihn erst informieren sollen, wenn alles wie geplant funktioniert!"

„Lasst das Jammern! Seid ihr Männer aus Pappe?", schimpfte der Ingenieur. „Wir nehmen das kleine Computergehirn CX mit dem einfachen Datenspeicher, das dürfte passen! Gut, dass ich es noch nicht verschrottet habe."

Die anderen Roboter erschraken.

„Ist das nicht gefährlich, Chef? CX arbeitet nicht mehr einwandfrei, seit Sie Ihr Ölkännchen darüber verschüttet haben, und fallen gelassen haben Sie es doch auch noch!"

„Nebensächlichkeiten! Die stellen im Moment unser kleinstes Problem dar, Ferrum ist das größere. Ihr werdet den Neuen eben im Auge behalten müssen. Er soll ja nur eine einzige Aufgabe für uns erledigen, dann wandert er sowieso samt CX auf den Schrottplatz.

Los, an die Arbeit, Männer, wir haben nicht mehr viel Zeit!", befahl der Ingenieur mit Nachdruck.

Damit war die Entscheidung gefallen. Als die Bastler ihr Werk vollendet und den umgebauten Roboter aktiviert hatten, erfasste sie höchste Spannung ...

## Robbi erhält einen neuen Namen

Energie durchströmte den kleinen Körper, während er prüfend Arme und Beine bewegte. Langsam richtete er sich auf und blickte sich um.

„Wer seid ihr, und wer bin ich eigentlich?", fragte er die um ihn herumstehenden Roboter. „Bin ich einer von euch und habe es nur vergessen?"

Hätte sein Robotergesicht Gefühle ausdrücken können, wäre wohl den um ihn herum Stehenden seine Ratlosigkeit und Verwirrung nicht verborgen geblieben, aber so deutete neben seiner gespannten Körperhaltung nur ein leichtes Flackern der Augen auf diesen Zustand hin.

„Du bist bestimmt keiner von uns", lachten die Roboter spöttisch, „sondern nur ein Roboter aus Aluminiumblech und hast demzufolge nur die Gestalt der schwachen Menschen deines Heimatplaneten. Wir aber sind robuste kantige Eisenroboter mit intelligenten Computergehirnen. Außerdem stört uns deine blanke Rüstung mit den hässlichen rotschwarzen Farbmustern. Schau uns an, wir sind herrlich eisengrau. Merk es dir, wir sind die Herren und du nur unser Gehilfe. Deshalb wirst du jeden unserer Befehle ausführen! Wir werden dich *Alubot* nennen, Blechmann. Der Name passt zu dir!"

Durch diese abfällige Äußerung nahm seine Verwirrung eher noch zu. Nur in einem war er sich sicher: Er mochte diese eisengrauen Fremden nicht, und das schien auf Gegenseitigkeit zu beruhen.

Er verstand nicht, warum die Eisenroboter so viel Tamtam um das Material ihrer Panzerung machten und warum irgendein Metall besser sein sollte als das andere. Robbi, oder besser Alubot, wie er jetzt genannt wurde, fragte sich auch, wie diese Menschen auf seinem Heimatplaneten wohl aussahen, denen er scheinbar so ähneln sollte. Roboter waren sie offenbar nicht. Ob sie wohl auch solche Farbmuster hatten wie er? Ihm gefielen die Farben jedenfalls, besonders die roten Streifen hatten es ihm angetan. Immerhin bildeten sich auf dem Aluminium keine scheußlich braunen Rostflecken wie auf den Rüstungen der Eisenroboter. Nur zu gern hätte Alubot Fragen gestellt, doch eine Auskunft hätte er wohl kaum bekommen.

Vielleicht finde ich ja auch so irgendwie heraus, wer ich bin und was sie mit mir vorhaben. Ich sollte erst einmal in Ruhe abwarten, dachte er.

So wurde Alubot zwangsläufig ein unbedeutendes Mitglied der Raumschiffbesatzung und hatte einfache Arbeiten auszuführen. Er musste den Fußboden fegen, die Ölkannen der Mannschaft auffüllen, die Sichtscheiben des Raumschiffes putzen und andere Dinge erledigen, die den übrigen Besatzungsmitgliedern unangenehm oder zu langweilig waren.

Während der Arbeit nutzte Alubot jede Möglichkeit, den Gesprächen der Eisenroboter zu lauschen, in der Hoffnung, mehr über die Erde zu erfahren. Das erwies sich einfacher als gedacht, denn schon in den ersten Tagen an Bord erfuhr er etwas über seine irdische Herkunft. Jeder der Eisenroboter wollte ihn zuerst unter einem großen Baum in der Strandstraße entdeckt haben, um sich eine hohe Belohnung zu sichern, die ihnen vor dieser Reise versprochen worden war. Die Streitereien dauerten oft stundenlang und waren laut genug, um im ganzen Schiff gehört zu werden. Und kaum hatte es aufgehört, da ging es schon wieder los. Gründe, einander anzuschreien, schienen den Eisenrobotern nie zu fehlen.

## Gefangen auf dem Planeten Lanugon

So verlief Alubots erste Weltraumreise zwischen dem Gezänk der Eisenroboter und den langweiligen Arbeiten leider nicht besonders abwechslungsreich. Doch jede auch noch so endlos erscheinende Reise geht schließlich einmal zu Ende.

Seit Tagen hatte Alubot hin und wieder durch eine Sichtluke die Sterne beobachtet und dabei bemerkt, dass das Raumschiff sich stetig einer kleinen bunten Kugel näherte, die mit jeder verstreichenden Minute größer zu werden schien.

„Ach so, das muss ein Planet sein!", erkannte Alubot sofort, nachdem der Datenspeicher von CX die richtige Information ausgespuckt hatte. „Ob wir hier wohl landen werden?"

In der Tat sah es ganz danach aus. Die Landevorbereitungen beschäftigten die Eisenroboter so stark, dass sie sogar ganz vergaßen, ihm neue Arbeiten aufzubrummen oder miteinander zu streiten.

Der Planet kam inzwischen so nahe, dass in der Sichtluke nur noch ein kleiner Ausschnitt seiner Oberfläche zu sehen war. Alubot erhaschte einen Blick auf ein glitzerndes Meer, einen riesigen Wald und ein Städtchen aus kleinen bunten hölzernen Pyramiden in der Nähe eines prächtigen Schlosses. Just in diesem Moment hatten die Eisenroboter leider bemerkt, dass er anscheinend nichts mehr zu tun hatte.

„Schwing den Besen, Alubot! Gaffer leben gefährlich!", befahlen sie.

Nur widerwillig fegte Alubot den Boden, während ihm vor Ärger Öl von der Stirn tropfte.

Wenig später setzte das Raumschiff auch schon zur Landung an.

Kurz und knapp teilte man ihm mit, dass die Stadt Carpion hieß und auf dem Planeten Lanugon lag. Hier seien Katzenwesen beheimatet, die – wie sie selbst – auf zwei Beinen herumstolzierten, aber statt einer nützlichen Rüstung hässliche bunte Stofffetzen an ihren Leibern trugen. Seit kurzem hätte hier nun der mächtige General Ferrum, der Anführer der Eisenroboter, die Herrschaft über Stadt und Land übernommen. Jeder hatte seinen Befehlen bedingungslos zu gehorchen. Aufmucken war strengstens verboten.

Als sie das Raumschiff verließen, gab man Alubot keine Gelegenheit sich weiter umzusehen. Schnurstracks begleitete ihn eine Eskorte stattdessen wie einen Gefangenen zum Schloss der Stadt hinauf und sperrte ihn in eine düstere Kerkerzelle.

„Da drin brauchst du nicht zu fegen!", spotteten sie und lachten gemein.

Die schon winzige Gefängniszelle hatte obendrein eine sehr niedrige Decke, sodass sich das beklemmende Gefühl, von den Wänden erdrückt zu werden, einstellte, sobald man den Raum betrat. Außerdem lief noch Wasser von den Wänden und Unrat bedeckte den Boden: ein ungemütlicher Ort, selbst für einen Roboter.

Erst jetzt bemerkte Alubot einen weiteren Gefangenen, der auf einer Pritsche an der hinteren Wand saß. Es handelte sich offenbar um einen Carpioner, dessen gelbliches Fell stumpf und schmutzig war. Die Kleidung des Katers, eine blaue Hose und eine grüne Anglerweste, war genauso mitgenommen wie seine übrige Erscheinung. Die stolzen Schnurrhaare hingen traurig wie bei einem Walross herab, doch seine grünen Katzenaugen blitzten gefährlich.

„Gesellschaft für dich, Ozo", höhnten die Eisensoldaten, „damit du dich nicht langweilst!"

„So eine Frechheit", fauchte der Gefangene zurück, „jetzt schickt ihr mir sogar einen Spion auf den Pelz! Glaubt ihr wirklich, dass ich einer bunten Blechdose mehr vertraue als einer rostigen?" Dabei warf er seinem neuen Zellengenossen einen grimmigen Blick zu.

„Ein aufsässiger Kater wie du sollte aufpassen, dass man ihm das Fell nicht über die Ohren zieht!", drohten die verärgerten Eisenroboter, während sie gleichzeitig die schwere Tür mit einem lauten Knall hinter sich zuwarfen.

Alubot war zwar wegen der technischen Veränderungen, die man kürzlich an ihm vorgenommen hatte, in der Lage, die carpionische Sprache mühelos zu verstehen, aber er begriff absolut nicht, warum dieser Gefangene ihn Spion und bunte Blechdose schimpfte. Darüber hinaus befand er sich bestimmt nicht freiwillig in diesem schmutzigen Loch. Es musste wohl einiges vorgefallen sein, dass dieser Ozo jedem Roboter misstraute, egal ob er nun aus Eisen oder einem anderen Metall gebaut war.

Und genauso verhielt es sich auch. Die Eisenroboter und die Carpioner lebten in erbitterter Feindschaft, nachdem General Ferrum und seine Truppen aus heiterem Himmel aufgetaucht waren und die kleine Stadt überfallen hatten. Fortan bürdeten sie den Einwohnern schwere Arbeiten auf und durchstöberten die Wohnpyramiden nach Gegenständen aus etwas, das sie edles Metall nannten. Doch ganz widerstandslos ließen sich die Carpioner das natürlich nicht gefallen.

Gerade Ozo hatte sich als besonders widerborstig und lästig erwiesen. Aus gutem Grund verdächtigte man ihn, die Palasttreppe extra stark gebohnert zu haben. Ferrums Soldaten waren daraufhin kopfüber die Stufen hinuntergestürzt, weil ihre Metallfüße auf so glatten Böden keinen Halt fanden. Kurz darauf wurde in sämtlichen Ölkannen flüssiger Kleister gefunden. Einige Soldaten hatten sich bereits ihre Gelenke damit geschmiert und wurden innerhalb von Minuten so bewegungsunfähig wie Statuen. Das alles konnte man schon als Attentatsversuche werten.

Das Fass zum Überlaufen brachte dann allerdings die Schmiererei an den Palastwänden, worauf für alle sichtbar zu lesen war:

*General Schrott hat Rost im Hirn!*

Dem nicht genug stülpte Ozo kurz vor seiner Festnahme General Ferrum sogar einen Eimer mit dreckigem Putzwasser über den Kopf. Als Ozo von den Eisenrobotern abgeführt wurde, miaute er noch schadenfroh: „Jetzt ist dein Verstand wirklich im Eimer, General! Miau, au, au!"

Auch andere unbequeme Carpioner, darunter sogar die Königin, saßen in den dunklen Kerkerzellen des Schlosses ein. Alle mussten ihren Ungehorsam und ihre Respektlosigkeit bei Wasser und trockenem Brot büßen – für Carpioner eine schwere Strafe, denn sie liebten gutes Essen, besonders Sahnetorten und leckere Fischgerichte.

## Die Zellengenossen

Ozos Misstrauen legte sich erst am nächsten Tag, als er sah, dass die Eisenroboter Alubot genauso schlecht behandelten wie ihn selbst.

Aus diesem Grunde beschloss er doch noch einmal mit dem Fremden zu reden.

„Du scheinst wirklich nicht freiwillig hier zu sein, Roboter! Erzähl doch mal, woher du kommst? Mir ist natürlich nicht entgangen, dass du etwas anders aussiehst als die rostigen Eisenmänner."

Alubot zeigte sich überrascht und erfreut zugleich. Nur zu gern wollte er diesem Carpioner etwas von seiner rätselhaften Herkunft und dem Flug nach Lanugon erzählen. Vielleicht erfuhr er auch endlich, was hier eigentlich vor sich ging. Er hatte so unendlich viele Fragen.

Also erzählte Alubot zunächst seine geheimnisvoll klingende Geschichte, während ihm Ozo äußerst gespannt zuhörte.

„Die eisernen Gauner haben bestimmt nichts Gutes vor mit dir", folgerte Ozo, ehe er selbst Alubot von dem Überfall der Eisenroboter berichtete.

„Eines Morgens landeten die Eisenmänner plötzlich mit ihren Raumschiffen in der Nähe unserer Stadt. Zunächst dachten wir, sie kämen in friedlicher Absicht und würden ein wenig Abwechslung in unseren Alltag bringen. Doch weit gefehlt! Gleich nachdem sie sich in Carpion umgesehen hatten, gab Ferrum den Befehl, unsere Königin zu entführen und einzusperren. Und als wir dann versuchten sie zu retten, haben die Roboter uns mit ihren Eisenfäusten ziemlich das Fell gegerbt. Mit unseren Schwertern und Knüppeln konnten wir diese Monster leider nicht mal eindellen, und gefährlichere Waffen besitzen wir nicht. Wir sind ja schließlich kein kriegerisches Volk!

Das Einzige, was den Halunken wirklich Probleme bereiten kann, ist Wasser, sehr viel Wasser. Wie gerne würden wir sie alle so lange im Fluss baden, bis sie vom Rost auseinander fallen. Aber das bleiben Wunschträume, denn wir sind einfach nicht in der Lage, sie ins Wasser zu treiben, sie scheinen zu stark zu sein. Auch wenn die Eisenmänner durch die Luftfeuchtigkeit irgendwann durchrosten, dauert es doch viel zu lange, denn bis dahin können sie noch jede Menge Schaden anrichten. Und als wäre das Ganze nicht schon schlimm genug, hat es obendrein seit Wochen nicht mehr geregnet. Es ist zum Verzweifeln!

Nicht einmal einen Notruf zu befreundeten Nachbarplaneten konnten wir abschicken. Unser interplanetares Funkgerät haben sie gleich als Erstes kurz und klein geschlagen, bevor wir es überhaupt einschalten konnten.

Diese scheppernden Monster planen sich möglichst schnell mit einer Rostschutzschicht aus Gold zu überziehen. Dies ist der Grund, weswegen sie hier sind. Nur das Beste scheint für sie gut genug zu sein, etwas anderes kommt für diese Angeber nicht in Frage.

Wenn sie erst einmal gegen Wasser unempfindlich sind, werden wir sie vermutlich überhaupt nicht mehr los", schloss Ozo resignierend.

„Woher wollen die Eisenmänner denn das Gold nehmen, zum Vergolden brauchen sie doch vermutlich große Mengen? Gibt es hier denn so viel davon?", fragte Alubot neugierig.

„Nein, nein, das nicht!", erklärte Ozo. „Das Gold wollen sie auf Aurum schürfen. Aurum ist eine regelrechte Legende, musst du wissen. Dieser Planet soll fast ganz aus Gold bestehen. Entdeckt wurde er vor ungefähr hundert Jahren von einem waghalsigen Vorfahren unserer Königin. Die von ihm angefertigte Karte lockt seit jeher alle möglichen Gauner an. Zurzeit ist es Mareks Aufgabe, diese Karte zu verstecken und zu bewachen. Marek ist ein Gelehrter, der viel von Astronomie versteht. Die Königin konnte ihm zum Glück einen Boten schicken und ihn warnen. Den Eisenrobotern ist gar nicht aufgefallen, dass unser Schlossgärtner eine Woche lang verschwunden war."

„Ihr habt eine Karte, eine richtige Sternenkarte?", staunte Alubot.

Ozo nickte stolz.

„Ja genau, die haben wir! Es gibt sicher viele Karten, aber der Planet Aurum ist nur in unserer verzeichnet. Diese Karte ist absolut einzigartig, deshalb bewahren wir sie in einem geheimen Versteck im Magnetberg auf. Der heißt so, weil ..., na ja, weil er komplett aus magnetischem Gestein besteht. Die meisten gefährlichen Waffen werden aus Eisen gebaut, weshalb sie dort nicht benutzt werden können, und das macht den Berg zum idealen Versteck.

Die Eisenroboter können selbst nicht dorthin, wie du dir denken kannst, da sie am Berg kleben bleiben würden; und wir Carpioner holen ihnen die Karte bestimmt nicht! Ferrum hat sogar darüber nachgedacht, Söldner anzuwerben, aber das hat er dann doch lieber bleiben lassen. Der alte Rostkopf traut nämlich keinem, wenn es um Gold geht. Er hat Angst, die Söldner könnten sich die Karte schnappen und dann einfach damit verschwinden. Die Eisenroboter sind so gierig auf das Gold, dass sie sogar die Krone unserer Königin gestohlen und eingeschmolzen haben. Jetzt sind sie seit zwei Tagen dabei, Ferrums hässlichen Kopf damit zu vergolden. Er hatte neulich einen *bedauerlichen* kleinen Unfall!", sagte Ozo verschmitzt, fuhr aber umgehend fort. „Wenn ihr Plan gelingt, wollen sie die Herrschaft in der ganzen Milchstraße an sich reißen. Ein Albtraum! Ich würde sogar jeden Tag *saure* Milch trinken, wenn ich sie damit aufhalten könnte!"

Ozos Schnurrhaare sträubten sich vor Ekel und Entschlossenheit. Alubot konnte sich beim besten Willen nichts unter saurer Milch vorstellen, aber es musste wohl etwas sehr, sehr Unangenehmes sein. Ozos Mienenspiel ließ keine andere Deutung zu.

„Vor einigen Wochen befahl Ferrum seinen Leuten sogar auszuschwärmen und nicht ohne einen gehorsamen Dieb zurückzukommen. Wer weiß, wen die hier anschleppen?", sagte Ozo, ehe es ihm plötzlich wie Schuppen von den Augen fiel.

„Oh neiiin!", schrie er. „Miau, miau, deine Panzerung! Dass ich nicht gleich darauf gekommen bin! Du sollst für sie die Karte stehlen. Sicher bist du aus einem nicht magnetischen Metall gebaut, Roststellen hast du jedenfalls keine."

„Ich soll was?!", rief Alubot erschrocken aus. „Nein, das mache ich nicht! Auf gar keinen Fall!"

Er schüttelte heftig seinen Kopf, während er kräftig mit der Blechfaust gegen die Zellenwand schlug. „Ich möchte lieber euch helfen. Glaubst du nicht, dass wir die Eisenmänner irgendwie vertreiben können?"

„Wenn es nur so einfach wäre!", seufzte Ozo. „Glaub mir doch, wir haben alles Mögliche versucht!"

„Dann denken wir beide eben noch einmal gründlich nach!", entschied Alubot. „Es muss doch irgendeinen anderen Weg geben."

## Erinnerungen an den Kater Rüpel auf dem Planeten Erde

Sollte es vielleicht gut sein, dass Alubot keine Erinnerungen an seine Vergangenheit als Spielzeug besaß? Nie und nimmer hätte er Ozo vertraut, sondern sogar vielleicht Angst vor ihm gehabt. Denn in seinem ehemaligen Zuhause auf der Erde regierte der eifersüchtige und gut genährte Kater Rüpel. Und Kater war schließlich Kater, auch wenn Ozo aufrecht ging und viel kleiner ausgefallen war als der Erdenkater.

Gleich am ersten Tag hatte Rüpel seine Krallen an Pits Spielzeugroboter gewetzt. Als der Roboter seine allererste Runde auf dem Küchentisch gedreht und gerade mit

*„Hallo, ich bin Rob... !"* begonnen hatte, sprang Rüpel auch schon fauchend auf den Tisch. Erbost über den vermeintlichen Eindringling in seinem Revier, fetzte der grauweiß getigerte Kater den hilflosen Roboter mit einem einzigen Krallenhieb auf den Boden. Damit nicht genug, versuchte er ihn auch noch zu beißen und zu schütteln wie eine gefangene Maus.

Nur mit Müh und Not konnte Pit sein Spielzeug aus Rüpels Krallen retten, woraufhin der Kater beleidigt davonstolziert war und sich vorerst, nur um auf eine neue Gelegenheit zu warten und dem Eindringling einen weiteren Krallenhieb zu verpassen, auf der sonnigen Fensterbank zusammengerollt hatte. Doch all dies schien Lichtjahre weit entfernt zu sein.

## Der abenteuerliche Weg zum Magnetberg

Nach zwei düsteren Tagen und Nächten brachten ihn die Eisenmänner in den Thronsaal des Schlosses und führten ihn dem mächtigen General Ferrum vor, dessen schon vergoldeter Kopf krass vom restlichen eisengrauen Körper abstach. Rechts und links standen schwer bewaffnete Wachen, die alle grimmig auf Alubot herabstarrten.

„Lauf zum Magnetberg im Urwald, Roboter, und hol die Sternenkarte!", befahl Ferrum schlecht gelaunt und ohne Umschweife. „Gehorchst du nicht, wirst du auseinander geschraubt und auf den Schrottplatz verfrachtet!", drohte er ihm sogar, ohne dass er eine Antwort erhalten hatte.

*Blut und Wasser* schwitzen können nur Menschen, Alubot schwitzte Öl bei dem Gedanken an den Schrottplatz, denn ein schlimmeres Schicksal gab es für Roboter nicht.

„Zum Magnetberg, Karte holen. Habe verstanden!", antwortete er.

„Schleich dich lieber am Wächter vorbei, sonst zerlegt er dich gleich in deine Einzelteile!", rief ihm Ferrum, nachdem sich Alubot umgedreht und zum Gehen bereitgemacht hatte, mit abfälligem Blick auf seine schlanke Gestalt noch hinterher. „Und beeil dich gefälligst!"

Die rostige Stelle an Ferrums Knie schien von Tag zu Tag größer zu werden, und auch die Panzer seiner Soldaten zeigten immer mehr rotbraune Flecken. Die Zeit drängte, und wer wusste schon, wann es hier anfangen würde zu regnen. Der General hätte Alubot am liebsten noch zur Tür hinausgeschubst, damit er sich etwas schneller bewegte, aber so etwas ziemte sich nicht für einen großen und mächtigen Anführer. Er musste schließlich den Eindruck erwecken, alles völlig unter Kontrolle zu haben.

Mit einem Werkzeugkasten für Notfälle und einer kleinen Ölkanne ausgerüstet, machte sich Alubot auf den Weg. Er verließ das Schloss, wanderte durch Carpion hindurch und lief aufs freie Feld hinaus in Richtung Magnetberg.

In der Stadt, die bessere Zeiten erahnen ließ, hatte er sich aufmerksam umgesehen. Ehemals farbenprächtige zweistöckige Holzpyramiden säumten die Straßenränder. Sie überragten Alubot um fast fünf Körperlängen. Aus den Außenwänden der Behausungen schauten jeweils zwei oder drei Fenster hervor, während an der Seite zur Straße hin zusätzlich noch eine schmale Tür zu sehen war. Jetzt platzte überall vom Holz die Farbe ab, und die Pflanzen und Blumen in den Vorgärten waren verdorrt.

Aus dem großen Springbrunnen auf dem Marktplatz sprudelte kein erfrischendes Wasser mehr, und überall wiesen Schilder der Eisenroboter darauf hin, dass das Hantieren mit Wasser in jeder Form verboten sei. Wasserzuleitungen waren abgesperrt, und lediglich das Trinkwasser durfte von den Carpioner noch vom nahen Fluss geholt werden. Besonders gesund war das Flusswasser auf keinen Fall, aber das interessierte die Roboter wenig, sie selbst brauchten ja außer Öl keine Flüssigkeiten.

Auf seinem Weg begegnete Alubot nur wenigen Carpionern, die – so schien es – einem Roboter auch tunlichst aus dem Wege gehen wollten. Kein Wunder.

Fern am Horizont erhob sich der dunkle kegelförmige Berg, das einzige Gebirge dieser Art auf Lanugon, dessen Spitze in den Wolken verschwand. Wie seit Urzeiten hüllte sich der Rest des Gipfels in gelblichen durchscheinenden Nebel. Der Bewuchs an den rauen Bergwänden war nur spärlich, obwohl sich am Fuß des Berges ein breiter Urwald rankte. In diesem Wald lag das Reich der großen Echsen, ungestüme Giganten, die zwar nur Pflanzenfresser waren, aber trotzdem gewaltige Schäden anrichten konnten. Umgestürzte und kahl gefressene Bäume gab es jedenfalls zuhauf, und hin und wieder fiel sogar ein Großteil der Ernte auf den Feldern ihrer Fressgier zum Opfer.

Die Vegetation um Alubot herum veränderte sich zusehends; der Wald kam immer näher, die Pflanzen wurden riesig. Alubot kam sich selbst neben den Bäumen winzig klein vor, während ihn die Schönheit der gigantischen Gewächse außerordentlich beeindruckte.

„Ich darf mich nicht ablenken lassen", schalt er sich selbst, „jede vertrödelte Minute verlängert nur das Leid der Carpioner!"

Aber seine Unerfahrenheit mit der Natur beschwor Zeitverlust und jede Menge Ärger unweigerlich herauf.

„Krawumm!"

Eine dornige Ranke brachte Alubot scheppernd zu Fall. Nach dem ersten Schrecken versuchte er seine Füße von der Ranke zu befreien. Er zog kräftig mit den Händen an ihr herum, aber sie war viel zu zäh, um einfach zu reißen. Jede weitere verzweifelte Bewegung verschlimmerte seine Lage noch, denn die Dornen kratzten unbarmherzig in den hässlichsten Tönen an seinem Aluminiumpanzer.

„Wenn du deine Waffen gebrauchst, verwende ich eben auch etwas Scharfes, um mich zu wehren!", drohte Alubot der Ranke. Doch alles Schimpfen und Meckern nützte nichts, diese Pflanze war eben nur ein einfaches gewöhnliches Gewächs mit dem Verstand eines irdischen Radieschens oder einer Tomate, nämlich gar keinem. Mühsam angelte Alubot ein kleines Messer aus dem Werkzeugkasten und trennte die Ranke an mehreren Stellen durch. Geschafft, er war wieder frei.

Die Ranke hatte aber, außer vielleicht ihrer Länge, nichts von ihrer Gefährlichkeit eingebüßt.

Alubot mühte sich, solange er noch Tageslicht hatte, die verlorene Zeit wieder aufzuholen.

„Ich muss vorsichtiger sein, sonst komme ich nie zum Berg", erkannte er vor sich hin murmelnd, aber kaum zu Ende gedacht, versank er schon mit den Füßen in morastigem Waldboden. Hatte sich der Wald gegen ihn verschworen?

Unter großen Mühen zog er seine Füße aus dem Matsch heraus, und nachdem er sich vom gröbsten Schmutz befreit hatte, beschloss er erst am nächsten Morgen weiterzugehen. Es war inzwischen einfach zu dunkel geworden. Daher verbrachte er die Nacht kurz entschlossen unter einem Baum.

Am frühen Morgen schlug Alubot eine etwas andere Richtung ein, da er die sumpfige Stelle lieber umgehen wollte. Es musste hier doch irgendwo einen geeigneten Weg zum Berg geben, die Carpioner – oder jedenfalls ein paar von ihnen – benutzten ihn doch auch.

Bei seiner Suche nach einem angenehmeren Weg betrat er tatsächlich bald wieder trockneren Waldboden und kam schneller voran, ehe ihn ein plötzliches Rascheln zu den Baumwipfeln hochblicken ließ. Irgendetwas bewegte sich dort zwischen dem Blattwerk.

„Hallo", rief Alubot neugierig hinauf, „wer bist denn du? Kannst du mich verstehen, ich bin Alu...!"

Platsch!, machte es, noch bevor er sich zu Ende vorgestellt hatte. Eine satte

Baumfrucht, deren Saft jetzt in kleinen Bächen an seinem Panzer hinabrann, hatte ihn genau an der Stirn getroffen. Alubot stand für einen Moment wie versteinert da.

„Das machst du nicht noch einmal", schimpfte er nach der Schrecksekunde zum Baumwipfel hinauf. Da er den Angreifer immer noch nicht entdecken konnte, versuchte er ihn herauszufordern.

„Zeig dich, du Feigling!"

Doch die einzige Antwort bestand aus einem Hagel von Früchten. Platsch, platsch, platsch! Er schien gar nicht wieder aufhören zu wollen. Immer noch halb blind vom Saft des ersten Geschosses, blieb Alubot nichts anderes übrig, als rasch das Weite zu suchen.

Ebenfalls auf der Flucht schienen nun aber auch die Obstwerfer selbst zu sein, eine riesige Schar Fledermäuse, die sich mit einem Mal aus den Baumwipfeln der umstehenden Bäume erhoben hatte. Diese Bäume boten vielen Tieren in dieser Jahreszeit reichlich Nahrung, so auch den Fledermäusen, die offensichtlich das Obst vor Schreck fallen gelassen hatten, als Alubots dröhnende Roboterstimme ertönte. Sie war für die feinen Ohren dieser Tiere die reinste Folter. Doch das konnte Alubot weder wissen noch sehen, denn das Blattwerk war viel zu dicht.

Konnte es eigentlich noch schlimmer kommen? Inzwischen war seine Rüstung nicht nur verkratzt, sondern auch verklebt, und wahrscheinlich hatte er sich zu allem Übel noch total verlaufen. Vorsichtig wischte er sich ein paar matschige Reste von der Schulter.

„Ich muss wohl in eine Baumkrone hinaufklettern. Nur von dort oben kann ich sehen, ob ich noch auf dem richtigen Weg zum Berg bin. Außerdem wird es langsam Zeit, die Gelenke zu ölen, sie knarren schon bei jedem Schritt", dachte er laut, obwohl er allein war. Es war schon seltsam, irgendwie hoffte er, dass ihm doch jemand zuhören würde, Ozo zum Beispiel.

Unter großen Mühen hangelte sich Alubot auf einen hohen Baum hinauf und hielt Ausschau nach dem Berg. Wunderbar, die Richtung, in die er lief, stimmte noch. Noch ein Tag und er war am Ziel. Nun aber zuerst einmal eine kleine Pause. Alubot setzte sich genüsslich auf eine dicke Astgabel.

Doch gerade als er sorgsam Öl auf ein Kniegelenk träufelte, brachten ihn Naturgewalten aus dem Gleichgewicht. Die Erde bebte, während Ölkännchen, Werkzeugkasten und Alubot in hohem Bogen durch die Luft sausten.

„Hilfe!", schrie er, doch sein Schrei ging im Krachen und Poltern unter. Verzweifelt versuchte er sich an den Zweigen festzuhalten. Wenig später schepperte es fürchterlich und Alubot thronte zu seinem Entsetzen hoch oben auf dem Rücken einer schuppigen Echse. Unbeirrt arbeitete sie sich schnaufend und stampfend durch das Dickicht und stieß dabei noch weitere Bäume um.

Alubot hatte *Glück im Unglück*, denn noch ehe er selbst irgendetwas gegen seine missliche Lage tun konnte, fegte ihn ein Ast vom Rücken des Tieres. Er landete bäuchlings auf seiner Ölkanne und musste tatenlos mit ansehen, wie das restliche Öl aus der umgekippten Kanne rann und im Waldboden versickerte. Seinen Werkzeugkasten hatten die Klauen der Echse tief in den Waldboden gedrückt.

„Saure Milch!", grollte Alubot, der Vergleich war bestimmt schrecklich genug. Nichtsdestotrotz rappelte er sich auf und machte sich tapfer wieder auf den Weg.

Die Gefahren, die im Urwald lauerten, waren wirklich vielfältig. Zwar brauchte Alubot Insektenstiche, scharfe Krallen und Zähne nicht zu fürchten, doch der Gedanke, er könnte unter den stampfenden Füßen der Echsen landen, brachte immer wieder Öltropfen auf seine Blechstirn. Ängstlich verbrachte er eine weitere Nacht unter einem Baum. Ein paar Mal schreckte er hoch, da er schon meinte, weitere Echsen wären im Anmarsch. Aber für das Rascheln und Knacken im Unterholz waren nur nachtaktive Tiere verantwortlich, die dort Beute machten. Die großen Echsen zählten nicht dazu.

## Der Einstieg zur Höhle Mareks

Noch viel, viel vorsichtiger als zuvor setzte Alubot seinen Weg fort.

Endlich, zur Mittagszeit des dritten Tages, hatte er den Urwald bis zum Fuß des Magnetbergs durchquert. Ohne sich lange aufzuhalten, suchte Alubot gleich nach dem Einstieg zur Höhle. Er lag zwar etwas versteckt, war aber trotzdem nicht allzu schwer zu finden, da Ozo ihm den Ort genau beschrieben hatte. Der Eingang verbarg sich unter einem sehr großen mit Ranken überwucherten Felsüberhang. An der Bergwand darunter hafteten ein paar Werkzeuge und sogar ein Kochtopf. Sie mussten wohl aus Eisen sein.

Alubot schaltete ein winziges Lämpchen an, das die Eisenroboter beim Umbau an der Seite seines Kopfes angebracht hatten, und trat mit einem mulmigen Gefühl in den dunklen Höhlengang hinein. Besonders viel Licht brachte es leider nicht, vielmehr wirkte die umgebende Dunkelheit dadurch noch finsterer. Hier also sollte irgendwo der Hüter der Sternenkarte sein. Alubot beschloss laut nach ihm zu rufen. Schließlich musste er dringend mit ihm reden.

„Hallo! Marek, hörst du mich? Ich bin Alubot und komme in friedlicher Absicht!"

Aber er erhielt keine Antwort. Wo steckte Marek nur?

Vorsichtig setzte Alubot auf dem unebenen Boden einen Fuß vor den anderen, doch diese Vorsicht war vergeblich. Plötzlich verlor er den Halt und stürzte ins Dunkel.

„Ah, Hilfeee!" Alubots Schrei dröhnte durch den Gang, ehe ein dumpfes Poltern seine ungemütliche Rutschpartie beendete. Er landete rücklings auf hartem steinigen Untergrund.

Schwapp! Ein Netz war in Windeseile über ihn geworfen und zusammengezurrt worden.

„Hab ich dich, du Gauner!", fauchte böse eine tiefe Stimme. „Die Sternenkarte bekommst du nicht! An mir kommt niemand vorbei! Ein Roboter schon gar nicht!"

Eine Furcht einflößende Gestalt erhob sich aus dem Schatten, die Alubot im Schein seiner Lampe ganz deutlich sehen konnte. Sollte das etwa ein Gelehrter sein? Darunter hatte er sich aber jemand ganz anderen vorgestellt. Bestimmt niemanden, der aussah, als ob er General Ferrum mit bloßen Händen in Einzelteile zerlegen konnte.

Ein wirklich beeindruckender Wächter.

Marek war nicht nur um einiges größer als Ozo, sondern überragte auch Alubot. Sein grimmiges Lächeln verhieß schon nichts Gutes, aber das wirklich gemein aussehende Bleirohr, das er in den Händen hielt ...

„Halt! Warte, Marek! Das ist ein Missverständnis. Ich bin kein Gauner! Ozo schickt mich", brachte Alubot aufgeregt hervor, während er sich aus dem Netz zu befreien versuchte, doch Marek hielt es stramm zusammen.

„Soso! Ozo schickt dich also. Seit wann paktiert Ozo mit dem Feind?"

Jetzt kam es darauf an, Alubot musste die richtigen Worte finden.

„Ich bin kein Feind, sondern Alubot – auch nur ein Gefangener der Eisenmänner. Du siehst doch selbst an meiner Rüstung, dass ich nicht zu ihnen gehöre!“, erklärte Alubot eifrig.

„Dann willst du die Sternenkarte also nicht?“, fragte Marek misstrauisch und gar nicht gewillt, Alubot freizulassen.

„Doch, schon“, gab Alubot zu, „ich soll die Karte holen.“

„Wusste ich es doch“, fuhr Marek ihn an, „du bist auch nur ein Dieb!“

Alubot schüttelte den Kopf, so gut es in dem Netz eben ging, und beteuerte: „Ich bin kein Dieb, und will auch nicht die echte Karte, vielmehr eine gefälschte. Ozo hat sich den Schwindel ausgedacht, womit er die Eisenroboter in die Irre führen will. Außerdem hat er mir erzählt, dass du auch noch *Raufell* heißt. Den Namen soll ich als Codewort benutzen.“

Alubot wischte sich Öl von der Stirn, da musste wohl irgendeine Schweißnaht undicht sein.

Marek lachte laut auf und sah dabei gar nicht mehr so finster aus.

„Das hat sich dieser alte Flohpelz ja gut ausgedacht. Aber wehe du hast mich angelogen, dann setzt es doch noch Hiebe!“ Mit diesen Worten ließ Marek ihn endlich aus dem Netz herauskriechen. „Nun erzähl noch mal von vorn!“, forderte er Alubot auf. „Ich möchte auch wissen, wo du herkommst und was du mit den Eisenmännern zu tun hast!“

Alubots abenteuerliche Geschichte und vor allem der mit Ozo ausgeheckte Plan, die Eisenroboter mit einer gefälschten Sternenkarte zu täuschen, überzeugte Marek schließlich von seiner Ehrlichkeit.

Umgehend machte sich Marek ans Werk, sorgfältig fertigte er eine Kopie der geheimen Sternenkarte an. Auf der Karte wurde aber aus dem Planeten *Aurum* die Welt *Umor* und umgekehrt. Eine kleine Änderung, die große Wirkung zeigen würde, denn sowohl die Beschaffenheit der beiden Planeten als auch die Reisezeit dorthin waren sehr unterschiedlich.

„Lass die Eisenmänner glauben, dass du mir die Karte im Kampf abgerungen hast“, riet Marek, „sie könnten sonst misstrauisch werden! Die Kratzer von der dornigen Ranke auf deinem Panzer sind dabei ganz nützlich. Nun beeil dich aber, damit diese Halunken endlich wieder abreisen!“

Alubot konnte es kaum erwarten, Ferrum diese Karte auszuhändigen. Die Hoffnung, die Eisenroboter rasch wieder loszuwerden, ließ den Rückweg zum Schloss fast zu einem Spaziergang werden.


## Die Eisenmänner ziehen ab

Alubot wurde schon mit Ungeduld erwartet. Sogleich führte man ihn zu General Ferrum. Seinen Bericht vom Kampf mit dem Hüter um die Karte wurde abrupt von Ferrum gestoppt.

„Dein Geschwätz interessiert mich nicht, ich will nur die Karte!"

Gierig und grob rissen ihm die Eisensoldaten die Sternenkarte aus der Hand.

Wieder einmal *saure Milch*, ärgerte sich Alubot im Stillen, ich hätte ihnen gern eine wilde Lügengeschichte von meinem Kampf mit Marek aufgetischt. Hab mir beim Ausdenken doch so viel Mühe gegeben.

Aber wirklich wichtig war eigentlich nur, dass die Eisenmänner endlich aus Carpion verschwanden.

Im Nu machte sich Aufbruchsstimmung unter den Robotern breit. Doch wer blieb in Carpion als Aufpasser zurück? Jeder von ihnen wollte mit, um beim Vergolden nicht vergessen zu werden. Die Roboter, die Alubot gefunden hatten, versprachen sich natürlich eine besonders großzügige Schicht Gold.

„Dann lassen wir eben Alubot hier, verschrotten können wir ihn später immer noch!", schlugen die Eisenmänner ihrem General vor, dem diese Idee aber überhaupt nicht gefiel.

„Wer von euch garantiert mir, dass der Blechmann uns auch weiterhin zuverlässig dient?"

„Unser Ingenieur!", riefen sie wie aus einem Munde. „Er hat Alubot das Computergehirn CX eingebaut. Seiner Meinung nach arbeitet es brillant!"

Die Roboter, die bei der Montage dabei gewesen waren, amüsierten sich insgeheim. Sollte dieser Besserwisser doch seinen eigenen Eisenschädel für den merkwürdigen Blechmann hinhalten, sie hatten ihn damals gewarnt.

Ferrum richtete seinen durchdringenden Blick auf den Ingenieur der Truppe.

„Stimmt das?", wollte er wissen, sodass dem in die Enge getriebenen Ingenieur nichts weiter übrig blieb als zuzustimmen.

„CX ist perfekt!", log er, etwas anderes wäre auf der anderen Seite auch äußerst nachteilig für ihn gewesen.

Nun wurden Befehle erteilt, Ölvorräte und Werkzeuge zu verladen. Die gesamte Raumflotte der Roboter startete mit donnerndem Getöse.

„Auf nimmer Wiedersehen", rief Alubot ihnen hinterher, „möge der Rost euer ständiger Begleiter sein!"

Die Bösewichte hörten ihn schon nicht mehr.

Es dauerte nicht lange, da hatte Alubot die Kerkerschlüssel gefunden und Ozo aus der dunklen Haft befreit.

„Wohin habt ihr die Eisenmänner eigentlich geschickt?", wollte Ozo wissen.

„Zum Planeten Umor", erklärte Alubot. „Marek fand diesen Planeten besonders passend. Er sagte: ,Wenn es dort nicht gerade regnet, schüttet es wie aus Kübeln.' Ich habe das zwar nicht ganz verstanden, aber Marek schien mit seiner Wahl äußerst zufrieden zu sein."

Ozo schnurrte vor Behagen, auf Marek konnte man sich wirklich verlassen.

Alubot und Ozo befreiten umgehend die übrigen Gefangenen, und Königin Sylva begann, gleich nachdem sie sich herzlich bei ihren Rettern bedankt hatte, die Aufräumarbeiten zu organisieren. Zuallererst mussten die Wasserleitungen wieder angestellt und die verwüsteten Wohnpyramiden in Ordnung gebracht werden, denn die Eisenroboter waren beim Durchsuchen nicht gerade zimperlich vorgegangen. Auch die Pflanzen wurden selbstverständlich nicht vergessen, sie sollten wieder genauso prächtig wachsen und blühen wie zuvor. Alubot half fleißig beim Gießen. Das zertrümmerte Funkgerät aber ließ sich nicht mehr reparieren. Auf Ersatz hoffen konnten sie nur dann, wenn ihnen Freunde von Nachbarplaneten ein neues mitbringen würden. Aber wer wusste schon, wann wieder Besucher nach Carpion kommen würden?

Endlich ging alles in Carpion wieder seinen gewohnten Gang. Aus Dankbarkeit und zu Alubots Ehren wurde schließlich ein großes Fest gegeben, das lange Zeit kein Ende nehmen wollte. Milch und Sahne flossen in Strömen und für Alubot gab es natürlich reichlich Öl.

„Wie komme ich jetzt auf meinen Heimatplaneten zurück?", sann Alubot vor sich hin, als der Festlärm gerade einmal etwas abnahm.

Ozo sah von einem wahrhaft gigantischen Stück Sahnetorte auf, das sich eigentlich auf einem viel zu kleinen Teller befand.

„Ist das denn wirklich eilig damit? Bleib doch erst einmal bei uns!"

Und so fand Alubot auf dem Planeten Lanugon sein neues Zuhause.

Er war glücklich. Die Carpioner hatten ihm für seine Hilfe mit ihrer Freundschaft und einer neuen Heimat gedankt, und schon bald kehrte der Alltag wieder ein. Die Herrschaft der Eisenmänner war schnell vergessen.

Alubot genoss die friedliche Atmosphäre und vor allem die Gesellschaft der Carpioner, insbesondere die seiner Freunde Ozo und Marek.

„Hier gefällt es mir", freute sich Alubot, „ob es wohl noch einen schöneren Platz im ganzen Universum gibt?"


## Der traurige Pit weit entfernt auf der Erde

Währenddessen schaute Pit aus dem Fenster hinunter zur großen Linde auf dem Spielplatz, wo vor zwei Wochen sein Spielzeugroboter verloren gegangen war. Er hatte aus lauter Verzweiflung sogar ein Bild von Robbi an die Linde geheftet, versehen mit seiner Adresse und der Aussicht auf Finderlohn. Eine große Tafel Schokolade und fünf Euro aus seinem Sparschwein wollte er demjenigen spendieren, der Robbi zurückbrachte. Aber zu Pits Kummer gab es immer noch nicht den kleinsten Hinweis auf seinen Roboter, obwohl inzwischen viele Kinder und Erwachsene seine Nachricht an der Linde gelesen hatten.

Natürlich besaß Pit viele schöne Spielsachen, trotzdem wollte er seinen Robbi wiederhaben, jetzt gleich und auf der Stelle.

„Das olle Fußballspiel ist schuld, sonst hätte ich Robbi nie liegen lassen!", behauptete Pit und stampfte nachdrücklich mit dem Fuß auf den Boden. Doch er wusste eigentlich ganz genau, dass er selbst besser auf sein Spielzeug hätte achten müssen, und seine Eltern und Anne waren derselben Meinung. Anne, seine Schwester, stichelte sogar, sie hätte noch niemals irgendetwas verloren.

Wer's glaubt?, dachte Pit verärgert. Sie hat bestimmt nur nichts davon erzählt.

Aber deshalb einen Streit mit seiner Schwester vom Zaun zu brechen, lohnte sich wirklich nicht, er hatte andere Sorgen.

„Der Finder hätte mir Robbi auf jeden Fall zurückgeben müssen!", grollte Pit, und von dieser Meinung ließ er sich auch nicht mehr abbringen. Schließlich konnte er nicht wissen, dass räuberische Eisenroboter seinen Robbi gefunden, in ihr Raumschiff verschleppt und einfach zum Planeten Lanugon mitgenommen hatten. Selbst die Belohnung dürfte, wenn sie je davon erfahren hätten, nur wenig Eindruck auf die Eisenmänner gemacht haben. Was sollten sie auch schon mit Münzen aus drittklassigem Metall, Papiergeld, geschweige denn mit Schokolade anfangen?

Aber wie wir wissen, befanden sich die bösen Roboter auf ihrer langen Reise zum Planeten Umor, wo sie der ewige Regen erwartete. Geschah ihnen recht.

# Die Riesenpflanzen von Botanis

## 2. Abenteuer

Auch auf anderen Welten gibt es zum Glück schöne Fleckchen, aber wie überall ereignen sich auch dort unerwartete und unliebsame Dinge.

So auf dem Planeten Botanis, der weit entfernt vom Planeten Lanugon in der Milchstraße seine Bahn zog und wo es schon große Forschungsstationen und sehr fortschrittliche Technologien gab. Intelligente Pflanzenwesen lebten und arbeiteten hier unermüdlich an neuen Erfindungen zum Wohle ihres Volkes. Ihre Gestalten zeigten vielfältige Gesichter, einige hatten bunte Blütenköpfe, bei anderen wiederum war der Kopf Teil des Stängels oder Stammes. Die Äste, Zweige und Blätter konnten sie so gebrauchen wie Menschen ihre Arme und Hände, und auf ihren Wurzelfüßen bewegten sie sich mehr oder weniger geschickt voran. Je nach Pflanzenfamilie waren diese Lebewesen groß, klein, zart oder kräftig. Natürlich gab es auf diesem Planeten auch andere einfachere fest verwurzelte Pflanzen, vergleichbar mit den Bäumen und Sträuchern auf der Erde oder auf Lanugon, doch die Botaner unterschieden sich deutlich von ihnen.

Die größte Ansiedlung auf diesem Planeten hieß Bota. Die Häuser waren vorwiegend aus Lehmziegeln erbaut und hatten große Fenster in jeder Außenwand, sogar in den Dachflächen, damit viel Sonnenlicht und Wärme ins Innere fluten konnten. Man könnte durchaus behaupten, dass ihre Behausungen ziemliche Ähnlichkeit mit Gewächshäusern aufwiesen.

## Die verschwundene Arznei

Normalerweise waren die Botaner ruhige und ausgeglichene Wesen, die so leicht nichts aus der Ruhe brachte. Heute jedoch herrschte im bedeutendsten Chemielabor helle Aufregung, nachdem man bemerkt hatte, dass die Dose mit dem Forschungsprodukt *Gigantus* nicht auf ihrem Platz im Regal lag. Diese Arznei sollte irgendwann einmal – aber erst nach einigen Veränderungen und Tests – das Wachstum von Botanern verbessern, aber bis dahin war noch ein weiter

Weg, denn sie konnte bislang noch recht unberechenbare Nebenwirkungen verursachen.

Wer hatte sie gestohlen, und wie konnten die Diebe überhaupt ins Labor gelangen? Zum einen wurden Fenster und Türen doch Tag und Nacht bewacht, und zum anderen würde ein Mitarbeiter niemals ein nicht ausreichend erprobtes Präparat hinausschmuggeln und so die Bevölkerung gefährden. So jedenfalls die feste Meinung der besorgten Wissenschaftler – bisher. Doch wo war eigentlich Professor *Malum Nesselkraut*? Keiner der Chemiker hatte ihn heute schon im Labor gesehen. Sollte er vielleicht etwas mit dem Verschwinden der Pillen zu tun haben?

Professor Gerstenkorn, der Chefchemiker, lief aufgebracht im Labor auf und ab.

„Wo steckt Malum bloß? Ich weiß genau, dass er zuletzt mit den Gigantus-Pillen experimentiert hat. Er soll mir Rede und Antwort stehen!", ereiferte er sich.

Seine engsten Mitarbeiter, Doktor Pflaumenkern und Doktor Süßwurz, schüttelten ihre Blütenköpfe.

„Im Labor haben wir jeden Raum durchsucht, Kollege Gerstenkorn! Hier ist er jedenfalls nicht", stellte Pflaumenkern entnervt fest. „Würde mich nicht wundern, wenn unser Kollege heute faulenzt und seinen Blütenkopf der Sonne entgegenreckt."

Süßwurz zitterte vor Anspannung und Ärger. „Ich verbitte mir diese haltlosen Verdächtigungen, Kollege Pflaumenkern! Kollege Nesselkraut ist bestimmt nur wieder mit den Pillen draußen auf den Versuchsfeldern. Ich selbst werde dort nachsehen."

Daraufhin schickte man sich an, das gesamte Forschungsgelände systematisch zu durchsuchen. Ohne Erfolg. Der Wissenschaftler Malum Nesselkraut und die Wachstumspillen blieben verschwunden.

„So langsam fürchte ich, Sie scheinen doch Recht zu behalten, werte Kollegen. Offenbar hat Malum doch unerlaubt freigenommen", seufzte Süßwurz.

„Und unser Forschungsprojekt hat er gleich mitgenommen, wo er schon mal dabei war", grollte Pflaumenkern.

„Was denkt er sich nur, ein experimentelles Mittel vom Versuchsgelände zu entfernen? Das könnte eine Katastrophe geben! Wir müssen auf der Stelle etwas unternehmen." Gerstenkorn griff bereits zum Funkgerät und öffnete einen Kanal, der überall in der Stadt Bota empfangen werden konnte. An allen Ecken dröhnte jetzt seine Stimme aus den Lautsprechern:

„Achtung, Achtung, gefährlicher Pflanzendünger der Marke Gigantus aus Labor entwendet! Bei Einnahme verheerende Wachstumsstörungen möglich.

Ebenfalls vermisst wird Professor Malum Nesselkraut. Sachdienliche Hinweise bitte an Professor Gerstenkorn, Labor 99."

Im Verlauf der nächsten Stunden saß Gerstenkorn am Funkgerät und wartete verzweifelt auf irgendeinen Hinweis aus der Bevölkerung.

Wo treibt sich dieser verflixte Malum nur herum, und was zum Kompost hat er mit dem Präparat vor!, grübelte er immer wieder und raufte sich dabei sogar ein paar Blätter vom Kopf. Wenn Malum und die Pillen nicht schnell gefunden werden, bin ich bald kahl wie ein verdorrter Stamm.

Dann endlich ging der erste Hinweis ein, Malum Nesselkraut war morgens von einem seiner Nachbarn in der Laubengasse gesehen worden. Ein zweiter Hinweis kam von einem Wasserflaschenverkäufer aus der Ahornallee und gleich danach der dritte von einem Lufttaxifahrer. Beiden war Malum Nesselkraut als guter Kunde bekannt. Mit größeren Wasservorräten und mehreren Kisten hatte er sich am frühen Nachmittag zum Raumflughafen *Blumental* fahren lassen.

„Dort wurde der Professor schon erwartet", berichtete der Fahrer. „Zwei zwielichtige Burschen rannten auf mein Taxi zu, und ich dachte noch, die wollen Ärger machen. Aber nein, sie schnappten sich sein Gepäck und schleppten es für ihn zu einer Mietraumfähre hinüber. Sie wollten wohl zusammen verreisen!"

Die letzte Gewissheit über Nesselkrauts Abreise holte sich Gerstenkorn dann selbst von der Zentrale des Raumflughafens.

„Ja, Professor Nesselkraut hat bei uns eine Fähre für unbestimmte Zeit gemietet und ist heute Nachmittag damit abgereist. Ein Ziel hat er nicht angegeben."

Das konnte nur bedeuten, dass Malum Nesselkraut den Planeten mit bösen Absichten und dem *Gigantus*-Mittel im Gepäck verlassen hatte, denn eine harmlose Urlaubsreise war das mit Sicherheit nicht. Er hatte seinen gesamten Urlaub bereits im Frühling verbraucht und bei einer Krankheit wäre er bestimmt zu Hause geblieben.

Das sah nach einer Angelegenheit für die Planetenwächter aus.


## Professor Nesselkrauts böser Plan

Bei den Planetenwächtern handelte es sich um eine Truppe von zehn bis zwanzig Wächtern, die sich aus Bewohnern mehrerer Planeten der Milchstraße zusammensetzte. Sie waren zwar auf Botanis stationiert, halfen aber in Notfällen überall so gut und so schnell sie konnten. Somit konnten sie nicht nur auf Botanis, sondern auch auf benachbarten Planeten nach Professor Malum Nesselkraut und dem Wachstumsmittel *Gigantus* fahnden. Der Planet Lanugon war die entfernteste Welt, die mit Botanis allerdings nur geringfügige Handelsbeziehungen unterhielt, und stellte somit das letzte Ziel bei ihrer Suche dar.

Und genau diesem entlegenen Planeten näherte sich in rasender Eile die Mietraumfähre vom Planeten Botanis. An Bord befanden sich der fieberhaft gesuchte Professor Malum Nesselkraut sowie die beiden von ihm angeworbenen Gehilfen, die ihren Lebensunterhalt als Landarbeiter verdienten und sich als Lohn ein großes Stück Ackerland auf Lanugon erhofften. Sie hießen Distel und Sauerklee und nahmen es mit dem Gesetz meist nicht zu genau, ein derartig Gewinn bringendes Geschäft kam ihnen stets gelegen.

Malum Nesselkraut hielt das Wachstumsmittel *Gigantus* in seinen Blätterhänden. Keiner seiner Mitarbeiter im Labor hatte bemerkt, wie er die Dose mit den Pillen kurz vor Feierabend aus dem Regal herausnahm und blitzschnell in seiner Kitteltasche verschwinden ließ. Die Vorstellung, dass wohl bereits eine verzweifelte Suche nach ihm und den gefährlichen Pillen eingeleitet worden war, amüsierte ihn köstlich. Niemand konnte seinen Plan jetzt noch durchkreuzen. Zufrieden blickte er zu den mit kleinen grünen Pflanzen gefüllten Kisten im Laderaum hinüber; mit ihnen würde er sich den Weg zu seinem Lebenstraum freiräumen, und zwar ohne die ständige Besserwisserei von Gerstenkorn, Pflaumenkern und Süßwurz.

Jedes neue Mittel wurde von ihnen immer tausend Mal getestet, bevor es in den Handel kam. Das dauerte viel zu lange, auf diese Weise wäre er längst an Altersschwäche verwelkt, bevor sein Genie Beachtung fand, und *posthumus* konnte er den Ruhm für seine geniale Arbeit schließlich nicht mehr genießen.

Nun wies Malum Nesselkraut seine beiden Helfer an, die Pflanzen aus den Behältern herauszuholen. Er selbst schob dann sorgfältig mittels einer Pinzette je eine kleine Pille in die noch winzigen und zartgrünen Blütenkannen der Pflanzen.

„Auf dass ihr groß und stark werdet!", lachte er boshaft. „Bald bin ich Herr auf Lanugon. Der ganze Planet wird mein Laboratorium sein!"

„Nicht der ganze Planet, Professor!", begehrten seine beiden Helfer auf. „Denken Sie an das Stück Land, das Sie uns versprochen haben."

Ein giftiger Blick traf die zwei.

„Ihr bekommt das, was ihr verdient!", zischte Nesselkraut mehrdeutig zu seinen Helfern hinüber. „Viel wird es wohl nicht sein, denn fürs Schwatzen bezahle ich euch bestimmt nicht."

Er wies jetzt ungeduldig auf die von ihm präparierten Pflanzen.

„Steckt sie ja vorsichtig in die leere Torpedohülse. An diesen Pflänzchen liegt mir weitaus mehr als an euch."

Seine Helfer erschraken, während sie sich mit zitternden Blätterhänden an die Arbeit machten.

„Ich sagte v o r s i c h t i g !", fuhr Malum Nesselkraut die beiden an, „wenn die Pillen euretwegen wieder aus den Kannen fallen, setze ich euch sofort an die Luft. Korrektur, ich setzte euch im All aus."

Ein kalter Schauer lief den beiden über den Rücken, worauf hatten sie sich da nur eingelassen? Professor Nesselkraut hatte ihnen doch so viel Profit versprochen, aber irgendwie schien er jetzt ganz andere Pläne zu verfolgen ...

Als das Raumschiff in die Umlaufbahn des Planeten Lanugon kam, gab Malum Nesselkraut die Zielkoordinaten höchstpersönlich in den Computer ein, denn von den Fähigkeiten seiner Helfer hielt er nicht allzu viel. Eine falsch eingegebene Koordinate und schon würden seine Pflanzen fatalerweise im Fischmeer oder sogar oben auf dem Magnetberg landen. Dort waren sie ihm zu nichts nütze. Eiskalt gab Malum Nesselkraut nun den Torpedo zum Abschuss frei.

„Feuer!", kreischte er aufgeregt zu Distel hinüber, der gehorsam auf den Auslöser drückte.

Krawumm! Das Raumschiff spuckte das Geschoss aus, das über Carpion zerplatzen und die Pflänzchen herausschleudern würde.

Aufs Höchste zufrieden rieb Malum Nesselkraut sich die Blätterhände. Auf einem der Lanugon umkreisenden Monde würde er warten, bis seine Zeit gekommen war, die Herrschaft auf dem Planeten zu übernehmen.

Diese beiden Monde, Karst und Dörr, unterschieden sich stark vom Mond der Erde. Sie besaßen nicht nur eine dünne Luftschicht, die man atmen konnte, sondern es gab auf dem kleineren Mond Karst sogar Wasser und spärlichen Pflanzenwuchs. Diesen Mond hatte sich Professor Malum Nesselkraut als Versteck ausgesucht.

Seine besonderen Pflanzen würden in Carpion ganze Arbeit leisten. Später würde er sie mittels eines anderen Präparates wieder vernichten. Sein Plan war genial.

## Die Entdeckung der Riesenpflanzen

Einen Tag später betrachteten Ozo und Bauer Milo eine riesige Pflanze auf der Wiese neben Milos Hof. Die gelbgrünliche Färbung der Blätter und der gewaltigen kannenförmigen Blüten unterschied sich deutlich vom sanften Orangerot, das für die Pflanzen auf Lanugon sonst normal war. Deshalb hatte Ozo sie, als er wieder einmal zum Milch- und Sahneholen gekommen war, sofort entdeckt.

„Blumen dieser Größe und Farbe habe ich noch nie gesehen", staunte Ozo. „Hast du das Ding hier gepflanzt, Milo? In einer von diesen Blüten hätten ja drei meiner Sorte Platz."

„Ich war das bestimmt nicht! Ich weiß ja nicht einmal, was das für ein komisches Kraut sein soll", antwortete Milo entrüstet. „Aber eingegraben hat sie schon jemand, so eine Monstrosität wächst schließlich nicht über Nacht. Und wehe ich erwisch denjenigen, der das war! Das Zeug könnte ja mein Vieh vergiften und außerdem", Milo kratzte sich nervös hinterm Ohr, „diese langen Blätter bewegen sich irgendwie unheimlich. Es sieht aus, als ob sie auf Beute lauern."

„Ach was, es ist doch nur eine Pflanze! Wenn sie wirklich gefährlich wäre, würde sie dein Käsebrot fressen." Ozo tat mutig und griff nach Milos Frühstück.

„Hat dich ein Floh gebissen!", entrüstete sich Milo. Doch bevor er es verhindern konnte, schleuderte Ozo das Brot schon in Richtung der Ranken, die sanft hin und her wiegten, obwohl sich nicht das kleinste Lüftchen regte.

Das Käsebrot sollte nie den Boden berühren ...

Wie ein grüner Blitz schnellte eine der Ranken hervor, wickelte sich um den Leckerbissen und stopfte ihn in eine der Kannen. Ozo und Milo standen wie erstarrt vor der mächtigen Pflanze und lediglich ein ungläubiges „Miau?" drang gleichzeitig aus ihren Kehlen.

„Weg hier", schrie Milo, der sich als Erster wieder fing, und riss den verdatterten Ozo mit sich, „sonst sind wir der Nachtisch."

„Brot? Sie frisst Brot!? Miau?" Ozo konnte es einfach nicht fassen. Sein Milchtopf lag zerbrochen im Gras, während der leckere Inhalt langsam im Sand versickerte.

Eine andere beim Zerplatzen des Torpedos herausgesprengte Pflanze hatte ihre Wurzeln auf dem Carpioner Sportplatz in den Boden gegraben und wucherte hinter einem Tor. Zur selben Zeit wie Ozo und Milo staunten die Schulkinder, die heute hier in ihrer Freistunde Ball spielen wollten, über das riesige blühende Gewächs.

„Welcher Dummkater hat das Ding hier eingepflanzt?", wollte der naseweise Modo, Ozos Neffe, wissen und betrachtete verärgert das Monstrum.

„Wenigstens wächst es hinterm Tor und nicht davor." Mido, sein Freund und Klassenkamerad, wurde ungeduldig. „Los, wirf endlich den Ball, Modo!"

Keiner kümmerte sich mehr um die Pflanze, denn alle waren damit beschäftigt, den Ball hin und her zu werfen. Jetzt aber kullerte dieser auf jenes Tor mit der Pflanze zu und ... daran vorbei. Dann ging alles blitzschnell. Jeder konnte es sehen, wie eine lange grüne Ranke den Ball einrollte, ihn dicht an die Pflanze heranzog und ihn in eine der Blüten tauchte. Sie hörten ein leises Platschen, als der Ball in die sirupartige Flüssigkeit im Inneren der Kanne fallen gelassen wurde, und schon innerhalb von Sekunden löste er sich darin auf. Nach einem kurzen Schweigen brach ein entsetztes Miauen aus. Die Katzenkinder stoben fluchtartig auseinander. Nur Modo blieb wie gebannt stehen und starrte die Pflanze begeistert an.

„Die Blume muss unbedingt vor das Tor, dann gewinnen wir jedes Spiel", miaute er verzückt und schien für einen Augenblick vergessen zu haben, dass nach der Halbzeit die Seiten gewechselt wurden. Zugehört hatte ihm auch niemand mehr, denn alle anderen waren wie die geölten Blitze im Rekordtempo davongerannt.

„Ich sollte vielleicht auch besser gehen!" Nachdenklich machte Modo sich auf den Heimweg. Ob man den Torwart wirklich gegen diese Pflanze austauschen sollte? Er würde Lehrer Kralle fragen, der wusste doch angeblich alles.

## Carpion in heller Aufregung

Inzwischen herrschte im Schloss Hochbetrieb. Nicht nur Ozo, Milo und die Schulkinder standen mit schlotternden Knien vor der Königin, fast jeder zweite Bürger Carpions hatte inzwischen schon unangenehme Bekanntschaft mit den Gewächsen gemacht.

Königin Sylva nahm die Sorgen ihrer Untertanen immer sehr ernst und war sofort, nachdem ihre Zofe Myra von den aufgeregten Bürgern berichtet hatte, in den Thronsaal geeilt.

*Königin Sylva war eine Enkelin des abenteuerlustigen Königs Säbelzahn, der vor vielen Jahren den Planeten Murrtan verlassen hatte und nach Lanugon ausgewandert war. Er hatte sich mit Familie und Gefolgsleuten hier in der Nähe des Flusses Fischquell niedergelassen und das Städtchen Carpion gegründet. Das Aufstellen der hölzernen Wohnpyramiden ging damals wie heute ruckzuck vonstatten, denn Holz gab es ja reichlich im nahen Urwald. Das schmucke Schloss war allerdings schon vorher da gewesen. Merkwürdigerweise stand es leer, und da auch in den folgenden Jahren niemand Anspruch darauf erhob, hatten die Carpioner es in Besitz genommen. Jetzt lebte von der königlichen Familie nur noch Königin Sylva in Carpion, die anderen Angehörigen waren weitergewandert, gestorben, verschollen oder einfach nach Murrtan zurückgekehrt. Daher trug die junge Königin eine beachtliche Verantwortung auf ihren Schultern, aber sie war mutig und pflichtbewusst wie ihr*

*Großvater Säbelzahn und würde alles tun, um ihrem Volk beizustehen und es vor Schaden zu bewahren.*

Königin Sylva blickte aufmerksam in die Runde und sah, dass ihre Untertanen ziemlich mitgenommen aussahen. Das blanke Entsetzen stand deutlich in ihren Augen geschrieben, während sich ihre Felle und Schnurrhaare sträubten. Da nun jeder versuchte seine Geschichte zuerst zu erzählen und sich vor den Thron zu drängen – und so bei diesem chaotischen Stimmengewirr nichts richtig zu verstehen war –, bat sie um Ruhe und versprach: „Jeder kommt dran, aber bitte einer nach dem anderen!"

Frau Schwarzohr durfte als Erste ihre Sorgen loswerden.

„Hach, diese schreckliche Pflanze", jammerte sie, „ein Ungetüm ist das! Zuerst dachte ich, mein Mann Flox hätte sie zur Überraschung für mich eingepflanzt. Wir haben bald unseren zehnten Hochzeitstag, müsst ihr wissen. Und während ich mich noch freu, seh ich, wie die Ranke der Pflanze ein Wäschestück nach dem anderen von der Leine reißt und in ihre großen Blüten stopft. Ich wollte noch um Hilfe rufen, aber dann bin ich ohnmächtig geworden. So ein gemeiner Diebstahl: Flox karierte Hosen, meine beste Sonntagsschürze und all die andern feinen Stücke – einfach weg!"

Es sah schon fast so aus, als wollte sie wieder in Ohnmacht fallen, da ergriff Fischhändler Rondo aus der Grätengasse sofort die Gelegenheit beim Schopf und schob sich vor Frau Schwarzohr.

„Das ist ja noch gar nichts, gute Frau, hören sie erst mal meine Geschichte." Wie ein Festredner baute sich Rondo vor Königin und Publikum auf. „Wer keine guten Nerven hat, sollte vielleicht besser nicht zuhören", tönte er, „und sich zu Hause hinterm Ofen verstecken."

Er räusperte sich noch ein paar Mal viel sagend und erzählte dann den verängstigten Bürgern Carpions von seinem Erlebnis.

„Heute wollte ich wie jeden Morgen einen kleinen Spaziergang machen – den mach ich nämlich immer vor der Arbeit –, aber ich kam nicht einmal aus der Haustür. Was ich auch versuchte, sie ging einfach nicht auf. Ich habe mich sogar dagegen geworfen, aber sie rührte sich kein Stück.

*Merkwürdig,* dachte ich, *hat mir irgendjemand etwas vor die Tür gestellt, oder ist sie kaputt?*

Ich beschloss durch ein Fenster hinauszuklettern, um nachzusehen, ob sich das Problem vielleicht von außen beheben ließ. Aber leider war auch das größte Fenster etwas zu klein für einen stattlichen Kater wie mich. Hängen geblieben bin ich mit meinem … äh, meinen breiten Schultern. Während ich noch überlegte, wie ich da wieder loskommen soll, bewegte sich plötzlich so ein grüner Pflanzenstängel auf mich zu. Mir blieb nicht einmal Zeit, meinen scharfen Verstand einzuschalten, denn das Ding wand sich blitzschnell wie ein Seil um meinen Oberkörper herum und versuchte mich aus der Fensteröffnung herauszuziehen.

Aber ich war stärker", prahlte Rondo mit geschwellter Brust, „ich bin wahrscheinlich ein bisschen länger geworden, hab mich aber kein Stück von der Stelle bewegt. Schließlich hat das feige Ding aufgegeben und verschwand wieder hinter der Hausecke. Mit meinen muskulösen Armen hab ich mich gleich darauf selbst aus dem Fenster herausgestemmt, wobei leider der Rahmen zu Bruch ging. Schlau, wie ich bin, spähte ich dann erst einmal um die Ecke zur Haustür hin, und da sah ich die Riesenpflanze. Die ganze Vorderseite meiner Behausung war mittlerweile zugewuchert, kein Wunder, dass ich die Tür nicht aufgekriegt habe. Wenn ich mehr Zeit gehabt hätte, hätte ich sie gerne noch ausgerissen, aber ich musste ja meinen Laden pünktlich öffnen. Meine Kundschaft ist schließlich anspruchsvoll und einen exzellenten Service gewohnt."

Ozo, der Rondo noch nie leiden konnte, murmelte leise: „Schade, dass die Pflanze dich nicht gefressen hat. Es spricht aber für ihren guten Geschmack und ihre Intelligenz, dass sie so einen fetten Lügner wie dich verschmäht."

Marek, der Ozos Geflüster sehr wohl verstanden hatte, weil er direkt neben ihm stand, schüttelte nur den Kopf.

„Ozo, du bist manchmal wirklich unmöglich", schalt er ihn hinter vorgehaltener Hand, aber Ozo zeigte keine Reue, sondern miaute stur: „Es ist wirklich sehr, sehr schade!"


Gemüsehändler Weißpelz, der jeden Vormittag seine Ware in einem Leiterwagen von einer kleinen Echse zum Marktplatz ziehen ließ, war der Nächste, den die Königin anhörte. Ihm zitterten immer noch Hände und Stimme, als er von seinem heutigen Abenteuer erzählte.

„Polli, meine Zugechse, und ich bogen gerade mit dem Leiterwagen in die Zufahrt zum Marktplatz ein, als wir beide das große Gewächs am Brunnen entdeckten. Polli rannte ganz aufgeregt sofort darauf zu. Ich riss am Zügel und wollte sie woanders hinlenken, aber sie gehorchte nicht. Immer wieder rief ich: ‚Polli, halt an!‘, aber ich wusste, sie dachte im Augenblick nur ans Fressen, und genau auf diese große Pflanze hatte sie es abgesehen. *Pollis Appetit wird mich einige Münzen kosten*, dachte ich noch und gab es auf sie zu bremsen. Und dann geschah das Unfassbare. Die Ranken der Pflanze wanden sich in Windeseile um Polli und den Leiterwagen herum und rissen beide in die Luft. Gottlob konnte ich in letzter Sekunde noch abspringen. Das ganze Gemüse kippte dabei heraus und klatschte und rollte auf den Marktplatz. Die Marktbesucher schrien vor Angst und versuchten genau wie ich sich irgendwo in Sicherheit zu bringen. Aus meinem Versteck hinter einer Gartenhecke beobachtete ich, wie Polli und der Leiterwagen von der Ranke über ihren Kannen hin und her geschwenkt wurden. Es sah so aus, als ob die Pflanze überlegte, in welche der Kannen das Gespann passen könnte. Doch dann brach plötzlich die Deichsel des Wagens und Polli kam dadurch frei. So schnell sie konnte lief sie in Richtung Wald davon. Den Leiterwagen fand die Pflanze dann wohl nicht mehr so interessant. Achtlos ließ sie ihn einfach in den Marktbrunnen plumpsen, und da liegt er jetzt noch drin. Niemand traute sich, ihn dort herauszuziehen, und meine arme Polli ist immer noch verschwunden. Vielleicht ist sie so verschreckt, dass sie gar nicht mehr zurückkommt.“

Weißpelz standen Tränen in den Augen.

Noch weitere gruselige Berichte folgten. Königin Sylva litt mit allen Bürgern, trotzdem musste sie in dieser Situation einen kühlen Kopf bewahren und schnell handeln, denn überall schienen neue gefährliche Pflanzen aufzutauchen. Bis jetzt hielt sich der Schaden in Grenzen, aber die Pflanzen mussten weg, bevor es zu einer Tragödie kam. Denn eins war absolut klar: Aus den Blüten der Pflanzen gab es für Lebewesen kein Entrinnen. Doch wie gelang es sie zu zerstören? Man konnte ja nicht einmal gefahrlos in ihre Nähe kommen.

Zu dumm, dass die Carpioner die Planetenwächter immer noch nicht zu Hilfe rufen konnten, man brauchte erst ein neues Funkgerät – und selbst das konnten ihnen erst die Wächter beschaffen.

„Wo steckt eigentlich Alubot?“ Königin Sylva blickte fragend in die Runde ihrer Untertanen. „Sucht ihn! Wenn uns jemand helfen kann, dann vielleicht er.“

## Kann Alubot die Stadt erneut retten?

Alubot, der von dem ganzen Aufruhr in der Stadt noch gar nichts mitbekommen hatte, saß unterdessen am Ufer des Fischquells. Die ganze Nacht hatte er hier zugebracht und geangelt, oder besser gesagt, er hatte es versucht, aber ohne Erfolg.

„Irgendetwas mache ich falsch", murmelte er zu sich selbst, „aber ich hab ja Zeit. Ich krieg schon heraus, wie Ozo das macht, und wenn es noch einmal einen ganzen Tag dauert. Ich rühr mich hier nicht weg, bis ich etwas gefangen habe."

Während Alubot also geduldig wartete, dass irgendein Fisch den Köder an seinem Haken bemerkte, lehnte er sich zurück und beobachtete die im Wind raschelnden Blätter der Bäume am Fluss. Die Natur um ihn herum hatte für ihn etwas Wunderbares. Für einen Roboter war dieses Empfinden sicher etwas ungewöhnlich, aber Alubot war nun einmal kein Roboter, wie man ihn sich üblicherweise vorstellt. Er fühlte sich den Carpionern verwandter als den Eisenrobotern. Nein, so wie die Eisenmänner wollte er nicht sein.

Unter einem großen Baum haben sie mich damals gefunden, ging es Alubot durch den Kopf. Ob die Blätter von dem Baum auf der Erde auch so herrlich orangerot geleuchtet haben wie die Blätter der Bäume hier? Ich muss einfach mehr darüber herausfinden! Seine rätselhafte Vergangenheit beschäftigte Alubot immer wieder. Er hatte den rostigen Eisenrobotern bei ihren Streitereien und Angebereien untereinander genau zugehört, während sie von dem Planeten Erde sprachen und einen Park und einen großen Baum in einer Stadt erwähnten. Diese Stadt lag offenbar im *Planquadrat 73*, was immer das heißen mochte. Aber vielleicht würden diese wenigen Angaben genügen, um den Ort doch noch wiederzufinden.

Alubot wollte nämlich irgendwann dorthin zurückzukehren und sich diesen Baum genauer ansehen, vielleicht wartete darunter ja jemand auf ihn. Gab es dort noch mehr Roboter, die so aussahen wie er?

„A l u b o t !" Eine laute Stimme riss ihn unsanft aus seinen Träumereien. „Hier steckst du also! Seit Stunden schon miaue ich mich auf der Suche nach dir heiser, und du liegst hier sorglos herum, während wir gefressen werden."

Ozo gestikulierte wild in der Luft herum, einer Panik ziemlich nahe, und schon zog er Alubot ungeduldig mit sich Richtung Schloss.

„Die Königin will dich sprechen, also hopp, hopp!"

Alubot hatte natürlich nichts begriffen und fragte erstaunt: „Wer wird gefressen?" Die Verwirrung ließ seine Augen flackern, doch Ozo nahm sich keine Zeit für Erklärungen.

„Lauf", miaute er atemlos, „Lauf!"

Trotz des von Ozo vorlegten Tempos bemerkte Alubot auf ihrem Weg zum Schloss zwei Riesenpflanzen, die wie Fremdkörper in der carpionischen Landschaft wucherten. Gestern waren sie noch nicht da gewesen, da war er sich sicher. Kaum sausten Alubot und Ozo an ihnen vorbei, da streckten sich die Ranken der Pflanzen auch schon nach ihnen aus. Eine schaffte es beinahe, sich um Alubots linkes Bein zu winden, wobei er ins Stolpern kam und scheppernd der Länge nach hinschlug.

„He, was sind denn das für hinterhältige Dinger", schimpfte er und rappelte sich wieder auf. Doch Ozo zog ihn nur weiter und miaute wie zuvor: „Lauf, lauf!"

Im Thronsaal des Schlosses hielten Königin und Ratsherren inzwischen Kriegsrat. Sogar Marek, der Hüter der Sternenkarte, und Horti, der alte Schlossgärtner und Pflanzenexperte, waren anwesend.

Als Ozo die Tür zum Saal aufstieß und Alubot praktisch vor den Thron schleifte, atmete die Königin sichtlich auf.

„Gut, dass Ozo dich gefunden hat, Alubot! Wir brauchen dringend Hilfe! Ozo hat dir sicher schon von den unheimlichen Riesenpflanzen erzählt, die über Nacht aus dem Boden gewachsen sind und alles fangen und fressen, was in ihre Nähe kommt. Was sollen wir nur tun?"

Doch bevor Alubots Computergehirn überhaupt einen klaren Gedanken fassen konnte, trat Ratsherr Rattus mit wichtiger Miene vor die Königin.

„Was könnte ein Roboter schon tun, verehrte Majestät? Was wir brauchen, ist Pflanzengift, für jede Pflanze eine riesige Portion."

Doch Horti zupfte sich zweifelnd an den Schnurrhaaren.

„Du magst etwas von Steuern und Gesetzen verstehen, Rattus, aber von Pflanzen verstehst du absolut nichts. Zum Ersten haben wir einfach nicht genug Gift für alle Pflanzen – es reicht wahrscheinlich nicht einmal für eine –, und zum Zweiten bezweifle ich, dass es überhaupt wirken würde. Diese Pflanzen sind nicht auf Lanugon heimisch, sie könnten der Farbe nach von Botanis stammen oder von irgendeinem anderen mir unbekannten Planeten."

Rattus, der absolut keine Kritik vertrug, schon gar nicht von einem seiner Meinung nach ungebildeten alten Kater, schnauzte: „Was hat ihre Herkunft denn damit zu tun? Gift ist Gift! Und dann will ein Unkrautzupfer wie du uns auch noch weismachen, dass die Pflanzen von Botanis oder sonst wo stammen. Meinst du tatsächlich, sie sind allein hierher zu uns geflogen, vielleicht sogar mit einem eigenen Raumschiff? So einen Unsinn habe ich ja noch nie gehört!"

„U n s i n n ? Du sagst Unsinn? Rattus", keuchte Horti aufgebracht, „gerade du, der einen Kohlkopf nicht von einer Rübe unterscheiden kann! Na dann werde ich dir jetzt mal erklären, was du offenbar noch nicht begriffen hast. Spitz deine Ohren, denn ich sage es nur einmal! Für Pflanzen von anderen Planeten braucht man auch andere Gifte. Was unsere Pflanzen hier absterben lässt, ist für eine Pflanze von einer anderen Welt vielleicht sogar der beste Dünger. Das Risiko dürfen wir bei einem Fleisch fressenden Gewächs wie diesem auf keinen Fall eingehen. Wir müssten zuerst wissen, woher es kommt, dann – und nur dann – könnte ich erst ein passendes Gift anmischen."

Horti holte tief Luft und erklärte weiter: „Wie genau die Pflanzen hierher gekommen sind, weiß ich zwar auch nicht, aber ich stimme der Meinung von Bauer Milo zu: Irgendjemand hat sie hier heimlich eingepflanzt. Und ein bescheidener Wohltäter, der unerkannt bleiben möchte, war das ganz bestimmt nicht. Je eher wir das grüne Zeug loswerden, desto besser. Alubot wird sicher etwas Geeignetes einfallen."

Rattus verzog beleidigt das Gesicht und miaute ironisch: „Nun denn, fragen wir eben den tollen Alubot!"

Doch diesmal kam Ozo, der schon die ganze Zeit ungeduldig darauf gewartet hatte, sich einmischen zu können, Alubot zuvor.

„Überlasst die grünen Monster nur mir! Ich werde die Pflanzen mit dem Schwert entwurzeln", miaute er angriffslustig, „dann vertrocknen sie und können uns nicht mehr fressen. Alubot kann mir ja ein bisschen helfen, wenn er unbedingt will."

Sichtlich stolz auf seinen Plan, riss er einen Schmucksäbel von der Wand.

Damit hieb er wild auf einen unsichtbaren Gegner ein, während alle schleunigst zur Seite sprangen, um aus seiner Reichweite zu kommen.

Marek wurde ärgerlich: „Du neunmalkluger Flohpelz, bevor du das Schwert schwingen kannst, haben ihre Ranken dich bereits in die Blütenkanne gesteckt und du bist verloren. Nur Alubots Metallpanzer würde den Pflanzen schwer im Magen liegen. Metall kann die Flüssigkeit in den Kannen bestimmt nicht auflösen."

„Und deshalb werde ich gegen sie kämpfen", bot sich Alubot an. „Ich lass mich einfach fangen und durchlöchere die Blütenkannen von innen. Die gefährliche Flüssigkeit in den Kannen läuft dann aus und versickert im Sand. Die Pflanze kann so keine neuen Nährstoffe mehr aufnehmen und stirbt ab."

Alubot fiel noch etwas ein. „Lasst uns auch Wippen bauen und damit Sandsäcke in Reichweite der Ranken schleudern. Sie fangen ja offenbar wahllos alles auf, was sich bewegt – dann reißen die Kannen von der Last von selbst auseinander!"

Königin Sylva und auch alle anderen waren schwer beeindruckt von Alubots Vorschlägen. Jetzt schienen sie wirklich eine Chance gegen die Pflanzen zu besitzen. Am Abend gab die Königin Alubot das Schwert ihres Großvaters König Säbelzahn, eine besonders kostbare und vor allen Dingen scharfe Waffe. Ozo stand der blanke Neid ins Gesicht geschrieben.

„Diese Waffe sollte nur der beste Kämpfer führen dürfen", brummelte er leise in seine Schnurrhaare, „und zwar ich!"

Das stimmte zwar nicht, aber Ozo glaubte fest an seine überragenden Kampfkünste.


## Der Kampf gegen die Riesenpflanzen

Am nächsten Tag zog Alubot in den Kampf, wobei die Pflanze am Marktbrunnen sein erster Gegner sein sollte. Seine Gefährten, ein paar mutige Carpioner, mussten Alubot die letzten gefährlichen Schritte allein machen lassen. Ozo hatte sich seltsamerweise nicht mehr blicken lassen. Hatte er verschlafen, war er noch nicht vom Frühstückangeln zurück, oder schmollte er etwa immer noch, weil Königin Sylva Alubot das Schwert gegeben hatte und nicht ihm? Darüber wollte Alubot noch einmal mit Ozo reden, doch es war jetzt nicht der richtige Augenblick weiter darüber nachzudenken, denn er musste sich ganz auf seinen Gegner konzentrieren. Er zückte die Waffe, während die Pflanze ebenfalls die Ranken angriffsbereit nach vorn hielt.

Jetzt oder nie, dachte Alubot, als plötzlich ein wandelndes Fass an ihm vorbeistürmte, auf dem obendrauf ein Kochtopf thronte.

„Hier kommt der *Rächer von Lanugon!*", tönte es aus dem Topf, der wohl als Helm gedacht war. Zielstrebig lief diese abenteuerliche Gestalt mit erhobenem Säbel in Richtung Feind. Wie erwartet griff die Pflanze an. Der unbekannte Held im Fass wurde von einer Ranke gepackt und in die Höhe gerissen.

„Jetzt hab ich dich", miaute die Stimme aus der Rüstung. Außerhalb der Tonne fuchtelten Arme und zappelten Beine hilflos in der Luft herum. Jeder der verblüfften Anwesenden konnte genau erkennen, wer hier wen gefangen hatte. Doch bevor die Ranke ihre Beute in die Blütenkanne stopfen konnte, rutschte der angriffslustige Held aus der Rüstung heraus und plumpste jammernd zu Boden, während der Kochtopfhelm beim Sturz von seinem Kopf rutschte und in die Büsche rollte.

„O z o !", rief Alubot entsetzt, stürmte zu ihm hin und zog ihn im Eiltempo außer Reichweite der Pflanze.

Ozo war gerettet, und obwohl an seinem Kopf eine dicke Beule wuchs, hatte dieser leichtsinnige Held noch einmal Glück gehabt. Aber von Dank für die Rettung konnte keine Rede sein. Ozo tat so, als wäre alles in Ordnung, und miaute: „Du hast jetzt leichtes Spiel mit der Pflanze, Alubot, ich hab sie schon ein wenig eingeschüchtert." Er rieb ein wenig an seiner schmerzenden Beule, verzog dabei aber keine Miene. „Du solltest nun schnell angreifen, bevor sie sich wieder erholt. Ein zweites Mal kann ich dir leider nicht beistehen, meine Rüstung ist ja gefressen worden."

Alubot verzichtete darauf, irgendetwas dazu zu sagen. Ozo drehte und wendete alles zu seinem Vorteil, aber er war trotzdem sein Freund und wollte immerhin nichts weiter als helfen.

Jetzt wandte sich Alubot wieder der Pflanze zu und hielt das Schwert erneut kampfbereit, während das Monster schon auf ihn zu lauern schien. Die Pflanze zögerte keinen Augenblick, denn eine ihrer Ranken wand sich in Windeseile um Alubot herum. Aus taktischen Gründen leistete Alubot keinen Widerstand und ließ sich in eine Kanne stopfen, wo er genau neben Ozos hölzerner Rüstung landete. Bis zur Brust stand er nun in dieser gefährlichen Flüssigkeit, aber Alubots Aluminiumpanzer machte das gar nichts aus. Mit Wucht schlug er jetzt mit dem Schwert auf den Kannenboden ein, bis ein großes Stück davon herausbrach und die Flüssigkeit herausströmte. Das Fass wurde mit hinausgeschwemmt und polterte laut zu Boden. Behände sprang Alubot durch das geschlagene Loch ins Freie und stellte sich dem Feind erneut.

„Auf zur nächsten Kanne!", feuerten ihn die Carpioner an.

Wieder und wieder wurde Alubot in eine Blüte gesteckt und jedes Mal ließ er eine weitere zerstörte zurück. Andere Pflanzen fielen den Sandsäcken zum Opfer, dennoch dauerte das Zerstören aller Monsterpflanzen einige Tage. Sogar mit Beule am Kopf half Ozo bis zuletzt fleißig beim Tragen und Schleudern der Sandsäcke. Er erwies sich dabei als äußerst geschickt und erntete dafür von allen viel Lob, besonders von Frau Schwarzohr und Alubot. Frau Schwarzohr brachte ihm sogar nach jedem meisterlich katapultierten Sandsack ein Schlückchen Sahne zur Belohnung.

„Du brauchst wirklich kein königliches Schwert, um ein Held zu sein", stellte Alubot fest, während Ozo zufrieden griente. Nun fand er es auch gar nicht mehr so schlimm, dass Alubot die prächtige Waffe bekommen hatte.

„Aber irgendwann werde ich mir das Schwert kurz ausleihen und dir noch ein paar Tricks zeigen", versprach Ozo großzügig.

„Na, dann lass uns damit nicht zu lange warten", erwiderte Alubot lachend und hielt Ozo das Schwert hin. „Ich muss es der Königin ja bald wieder zurückgeben."

„Miau, miau, zuerst trinke ich jetzt meine Sahne, danach muss ich mein Mittagessen angeln, und dann irgendwann bringe ich dir exzellenten Schwertkampf bei." So eilig schien Ozo es nun nicht mehr zu haben. Aber das war nicht weiter wichtig; die Hauptsache war, dass der Friede zwischen ihnen wiederhergestellt war.

## Die Landung der Planetenwächter

Die Carpioner waren noch bei den Aufräumarbeiten – die vertrockneten Pflanzen wurden sicherheitshalber eine nach der anderen verbrannt –, als die Planetenwächter in Carpion landeten. Sie befanden sich immer noch auf der Suche nach Professor Nesselkraut. Bevor sie aber gelandet waren, hatten sie den Planeten sorgfältig mit Radar nach fremden Raumschiffen abgesucht, doch der Gesuchte schien nicht hier zu sein.

Über den interplanetaren Funk hatten sie schon seit Tagen versucht, die Carpioner zu erreichen, in der Hoffnung, Auskunft über Nesselkrauts Aufenthaltsort zu bekommen, aber sie konnten keinen Funkkontakt zu ihnen herstellen. Was war da los? Brauchten die Leute Hilfe? Sie mussten hier auf jeden Fall nach dem Rechten sehen.

Die Wächter staunten daher nicht schlecht, als die Carpioner ihnen von den Riesenpflanzen, vom Überfall der Eisenmänner, dem kaputten Funkgerät und natürlich von Alubot und seinen Heldentaten erzählten. Der Kommandant der Planetenwächter war beeindruckt.

„Wir nehmen gern noch einen neuen Wächter in unserer Truppe auf. Na, wie wär's, Alubot?"

Bevor Alubot irgendetwas erwidern konnte, miaute Ozo dazwischen: „Später vielleicht, jetzt hat er hier noch viel zu viel zu tun. Ich aber könnte gleich mitkommen."

Kommandant Acer überraschte Ozos Dreistigkeit keineswegs, denn er war diesem schlitzohrigen Kater bereits früher begegnet.

„Dich nehmen wir mit, wenn wir zum Fischen gehen, Ozo. Warte also, bis wir eine Angel mitbringen!"

Ozo gab sich gekränkt, er wollte doch so gern ein Wächter sein, galten sie doch in der Milchstraße als Helden. Alubot zögerte ein wenig mit seiner Antwort, so schnell wollte er seine neuen Freunde noch nicht wieder verlassen. Außerdem wollte er ja eventuell auf die Erde zurück.

„Eigentlich möchte ich vorerst gern in Carpion bleiben und Königin Sylva und meinen neuen Freunden zur Seite stehen", erklärte Alubot mit fester Stimme, „aber wenn ihr mich nur für diesen Einsatz dringend braucht, bin ich sofort dabei. Könnte Ozo nicht doch auch noch mitkommen?"

Im selben Moment hörte er Ozo schnurren, auch Marek und der Königin gefiel seine Antwort.

„Meinetwegen", gab sich Kommandant Acer geschlagen, „Ozo kann auch mitfliegen. Aber wehe, er schmuggelt seine Angel mit an Bord, dann stutze ich ihm eigenhändig seine Schnurrhaare!"

Ozo sprang entrüstet auf und wollte laut protestieren, aber Acer ließ ihn nicht zu Wort kommen.

„Nun beruhige dich wieder, Ozo! Das war doch nur Spaß! Wenn du wirklich mitwillst, musst du stets einen kühlen Kopf bewahren."

Das wirkte Wunder, sofort war Ozo mucksmäuschenstill.

Acer hatte jetzt einiges im Zusammenhang mit den Riesenpflanzen zu berichten. Er erzählte den Carpionern ausführlich von dem Diebstahl des Mittels *Gigantus* und dem verschwundenen Wissenschaftler.

„Wir müssen Professor Malum Nesselkraut so schnell wie möglich finden, er hat bei euch schon genug Schrecken verbreitet", erklärte er. „Aber wo mag sich dieser Schurke nur verbergen? Auf eurem Planeten haben wir kein Raumschiff entdecken können. Bestimmt hat er die Pflanzen nachts über eurer Stadt abgeworfen, ist erst einmal zu einem anderen Planeten weitergeflogen und wartet dort, bis seine Pflanzenmonster ihre Arbeit getan haben. Dann wird er wiederkommen, um den Planeten in Besitz zu nehmen. Aber wir machen ihm einen dicken Strich durch die Rechnung."

Marek, dem Hüter der Sternenkarte, fiel ein mögliches Versteck des Bösewichts ein.

„Ich kann mir nicht vorstellen, dass er weit weg ist. Er wird die Entwicklung hier doch sicherlich im Auge behalten wollen. Wahrscheinlich hält er sich jetzt auf einem unserer Monde auf, die, wie wir wissen, beide unbewohnt sind."

„Wenn er auf Karst oder Dörr ist, werden wir ihn bald kriegen", versprach Acer. „Die Vegetation ist dort so dürftig, dass er sich kaum verstecken kann."

Die Planetenwächter verloren keine Zeit und brachen sofort auf. Alubot und Ozo waren zur Verstärkung an Bord.

## Ein Traum zerplatzt und die Rückkehr nach Lanugon

Auf dem Mond Karst träumte Malum Nesselkraut inzwischen von einem riesigen Laboratorium. Seine beiden Komplizen wollte er entweder hier zurücklassen oder wieder als Landarbeiter auf Versuchsfeldern einsetzen. Wenn sie Ärger machen, können sie meinetwegen hier verwelken, beschloss er und schielte zu Distel und Sauerklee hinüber, die in einer Ecke des Laderaumes Karten spielten. Eigenes Land wollen sie von mir zur Belohnung haben, darauf können sie lange warten. Das Land gehört mir ganz allein, die beiden verdienen nicht einmal eine Schaufel Steine. In zwei Tagen werde ich mal nachsehen, ob meine Pflänzchen ihre Arbeit beendet haben. Sollten noch ein paar Carpioner übrig sein, können sie für mich arbeiten. Diese dummen Milchbärte wissen ja nicht, dass die Pflanzen ein Geschenk von mir waren. Ich könnte als helfender Retter auftreten. Er kicherte in sich hinein. Vielleicht war Lanugon nicht der letzte Planet, den er auf diese Weise erobern würde.

Ein pfeifendes Geräusch schreckte ihn und seine beiden Helfer irgendwann in der Nacht auf. Was ging da draußen vor? Verärgert riss Malum Nesselkraut die Einstiegsluke des Raumschiffes auf und sprang ins Freie. Ach, du *dicke Blattlaus*, die Planetenwächter!, schoss es durch seinen Kopf.

„Distel, Sauerklee, hoch mit euch, wir müssen verschwinden!"

Sofort hellwach und vor Angst zitternd, sprangen die beiden von ihrem Nachtlager im Laderaum auf und stürzten zu ihrem Boss nach draußen.

Ein grelles Licht von Suchscheinwerfern fing die drei ein. Wohin sollten sie nun laufen, hier in dieser Einöde konnte man sich nirgendwo verstecken?

Kommandant Acers Stimme dröhnte jetzt aus einem Lautsprecher: „Ergebt euch, ihr habt keine Chance zu entkommen!"

Wie gebannt starrten Alubot, Ozo und die Wächter durch die große Sichtscheibe im Cockpit auf Malum Nesselkraut und seine Helfer, die genauso gebannt auf die Wächterfähre zurückstarrten.

„So fangt mich doch!", kreischte Malum Nesselkraut wie von Sinnen zur über ihnen schwebenden Fähre hinauf und drohte mit der Faust. „Oder wartet, ich komm zu euch hinauf, das wird euch bestimmt besser gefallen!"

Niemandem sollte es gelingen, ihn, den großen Malum Nesselkraut, zu besiegen. Was aus Distel und Sauerklee wurde, interessierte ihn wenig, die beiden konnten die Wächter gerne einsperren.

„Wie will er das denn machen", fragte Ozo verdutzt, „eine so lange Leiter hat er doch bestimmt nicht?"

„Will er uns mit dem Mietraumschiff angreifen und rammen? Was hat er bloß vor?", schimpfte Acer, der wie seine Crew in diesem Moment auch ratlos war. Besorgt ließ er keinen Blick von Malum Nesselkraut, der jetzt irgendetwas aus seiner Kitteltasche herausholte und in den Mund steckte.

„Er hat irgendetwas geschluckt", sagte Alubot beunruhigt, „er hat doch nicht etwa ...!"

Alubot befürchtete Schlimmes, und tatsächlich, Malum Nesselkraut hatte die Gigantus-Pillen geschluckt und zwar alle, die noch übrig waren, immerhin ganze fünf Stück, auf einmal.

Vor ihren erschrockenen Augen begann seine Verwandlung in einen Riesen. Sein Blütenkopf schwoll an wie ein Heißluftballon, während sein Körper in gigantische Höhe und Breite schoss. Seine Blätterhände und Wurzelfüße waren jetzt so groß wie die Raumfähre der Wächter.

„Gleich hab ich euch", drohte er mit lauter schriller Stimme, „dann zerquetsche ich euch wie Schaben!"

Mit seinen riesigen Blätterhänden versuchte er nun die Wächterfähre zu ergreifen, doch die Fähre wich ihm geschickt aus und hielt größeren Abstand. Dadurch bemerkte er nicht, wie sich hinter seinem Rücken Distel und Sauerklee zurück ins Mietraumschiff schlichen, die Luke hinter sich zuknallten und in Rekordzeit abhoben, bevor der Pflanzenriese sie mit seinen großen Wurzelfüßen mit oder ohne böse Absicht zertreten konnte.

„Da, die beiden wollen sich aus dem Staub machen", fauchte Ozo, „wir müssen sie schnappen!"

Doch Kommandant Acer winkte ab: „Die beiden sind nur *kleine Blümchen*, wir müssen Malum Nesselkraut erwischen, er ist der Kopf. Wenn er nur nicht so furchtbar groß wäre! Der passt in kein Raumschiff mehr rein."

„Der Professor hat sich hier sein eigenes Gefängnis geschaffen", erwiderte Alubot gelassen, „das ist im Grunde genommen die beste Lösung."

Acer zeigte sich trotzdem etwas enttäuscht, da er Malum Nesselkraut lieber nach Bota zurückgebracht hätte, meinte dann aber: „Na ja, du hast Recht. Hier kann der Bursche keinen Schaden mehr anrichten, also lasst uns jetzt zurückfliegen, unsere Arbeit ist getan."

Überleben konnte Malum Nesselkraut auf Karst ohne weiteres, denn er brauchte als Pflanzenwesen nur Wasser und Sonnenlicht. Nur auf ein Labor musste er verzichten und natürlich auf Gesellschaft. Auf dem unwirtlichen Mond Karst gab es keine höher entwickelten Lebensformen.

Die Wächter hielten jetzt Kurs auf Lanugon, da sie noch einmal zu den Carpionern zurückwollten, um Alubot und Ozo dort abzusetzen. Bevor die beiden sich von den Wächtern verabschiedeten, bat Alubot den Kommandanten um Hilfe: „Könntet ihr Wächter nicht herausfinden, woher ich komme, und ob jemand auf mich wartet? Die Ungewissheit lässt mir einfach keine Ruhe."

„Gern", versprach Acer, „bei der nächsten Gelegenheit helfen wir dir und stellen Nachforschungen an."

„Nur nichts überstürzen", warf Ozo ein, „zuerst muss Alubot noch viel von mir lernen, er kann ja noch nicht einmal richtig die Angel auswerfen! Außerdem sollte er lernen, Fische auszunehmen und zu braten. Und schließlich muss er wissen, wo die besten Angelgründe zu finden sind, um Fischhändler Rondo die dicksten Fische vor der Nase wegzuschnappen. Ebenso dürfen wir auf keinen Fall den Schwertkampf vergessen, und dann wäre da noch die komplizierte Herstellung von köstlichen Sahnetorten. Miau, miau, das Musizieren habe ich glatt vergessen, Katzenmusik ist sehr wich..."

„Jetzt ist es aber genug, Ozo", schnitt ihm Acer barsch das Wort ab, „wenn du nicht endlich Ruhe gibst, bringe ich dich persönlich zu Malum Nesselkraut in seine Einöde!"

Diese Warnung war zwar stark übertrieben, aber sie genügte, um Ozo erst einmal zum Schweigen zu bringen. Aber kaum waren die Wächter mit ihrer Raumfähre gestartet, zog Ozo Alubot schon in Richtung Fluss und miaute munter: „So, nun fangen wir mit dem Üben an, zuerst zeige ich dir, wie man eine Angel richtig auswirft, und dann lernst du den richtigen Köder auszusuchen. Danach gehen wir dann zu ..."

„Ich werde gut aufpassen", versprach Alubot glücklich.

# Taucher im Cabur-Meer

## 3. Abenteuer

Auch das letzte Abenteuer hatten Alubot und seine Freunde erfolgreich bestanden, während nun die hilfsbereiten Planetenwächter vom fernen Planeten Botanis nach Hause zurückkehrten. Die Stammbesatzung der Wächterfähre bestand aus dem Kommandanten und Piloten Acer, seinem Navigator Hippus und dem sprachkundigen Funker Murro. Die anderen fünf Mitglieder an Bord wechselten sich nach jedem Einsatz mit anderen auf dem Planeten Botanis stationierten Wächtern ab. Acer war ein stämmiger Botaner mit dichtem Blattwerk auf dem hölzernen Haupt. Hippus, ein Rossaner, dessen Kopf an einen weißen Schimmel erinnerte, stammte vom Planeten Rossappelum, und Murro, der Murrtaner, war artverwandt mit den Carpionern, einem Katzenvolk. Alle übrigen Wächter hatten ihr Zuhause auf anderen Planeten der Milchstraße. Eine bunt gemischte Truppe also, aber ein Erdenbewohner war nicht dabei.

Die Wächter hatten bei ihrer Abreise Alubot versprochen, seine Herkunft genauer zu ergründen. Er selbst besaß ja keine Erinnerung an seine Zeit auf der Erde, und der Gedanke, dass ihn jemand vermissen könnte, ließ ihn nicht zur Ruhe kommen. Sollten die Wächter Erfolg haben, würden sie dort eine Nachricht von ihm zurücklassen. Aber wie sollte diese Botschaft aussehen? Die Sprache und Schrift der Carpioner und Botaner verstanden die Erdenbewohner bestimmt nicht, und Alubot kannte auch nur die Sprachen seiner neuen Freunde und die der Eisenmänner.

Marek, der Hüter der Sternenkarte, der Alubot schon öfter mit gutem Rat zur Seite gestanden hatte, schien auch diesmal eine geeignete Idee zu haben.

„Wir schicken den Menschen ein schönes Bild von dir und unserer Stadt. Aus einem Bild kann jeder etwas herauslesen. Komm mit zu Graffiti Mautz, er ist ein Kunstmaler und berühmt."

Fotoapparate und Filmtechnik besaß man auf Lanugon nicht, und die Planetenwächter hatten keine Kameraausrüstung dabei, so etwas benötigten sie bei ihren Einsätzen normalerweise nicht.

Ozo Mausjäger, der sich in letzter Zeit kaum von Alubots Seite bewegte,

brauste auf: „Berühmt – d e r ? Dass ich mich nicht totmiaue. Berüchtigt wäre das richtige Wort für diesen eitlen Schmierer. Denk nur an das hässliche Bild, das er von Königin Sylva gemalt hat. Sein Talent reicht gerade mal so weit, die Wohnpyramiden zu streichen.“

Marek hatte Mühe sich zu beherrschen.

„Ozo, geh zum Angeln, davon verstehst du wenigstens etwas“, knurrte er gefährlich leise und wandte sich dann wieder Alubot zu. „Hör nicht auf unseren Freund und geh morgen zu Graffiti, der beherrscht sein Handwerk.“

Alubot nickte. Obwohl er Ozo gut leiden konnte, vertraute er dennoch lieber auf Mareks Urteil.

„Gut, Graffiti soll mich malen. Die Hauptsache ist ja, dass man mich auf dem Bild erkennen kann.“

„Deine Gutgläubigkeit sträubt mir das Nackenfell“, klagte Ozo, „hör lieber auf mich! Graffiti ist nur ein Angeber. So, und jetzt habe ich Wichtigeres zu tun, als meinen guten Rat an Besserwisser zu verschwenden.“

Ozo kehrte Marek und Alubot demonstrativ den Rücken zu und verschwand in Richtung Fluss.

„Eines Tages klopfe ich doch noch die Flöhe aus deinem Pelz!“, fauchte Marek hinter ihm her, aber Alubot wusste inzwischen, dass dies eine ziemlich leere Drohung war.


## Graffiti Mautz, der Porträtmaler

Den nächsten Nachmittag verbrachte Alubot schon in der Künstlerwerkstatt des Malers Graffiti Mautz, einem hageren, groß gewachsenen, älteren Kater. Bei seiner Arbeit trug er stets einen mit unzähligen Farben beklecksten Arbeitskittel, der ihm auch irgendwie zu groß zu sein schien. Seinen Kopf schmückte eine schwarze Kappe, die ebenfalls Farbsprenkel aufwies. Graffiti war wirklich mit Leidenschaft Künstler, und das Innere nahezu jeder Wohnpyramide Carpions zierte eines seiner Kunstwerke. Nur bei Ozo zu Hause hing keines an der Wand – und das hatte seinen Grund. Graffiti hatte vor einiger Zeit die Königin porträtieren dürfen, und ihr Gemälde hing seitdem im Thronsaal des Schlosses. Alle Carpioner waren begeistert und lobten es, nur Ozo schien es überhaupt nicht zu gefallen. Er behauptete, Graffiti hätte Sylvas Ohren viel zu groß gemalt.

„Die sehen aus wie Segel", hatte er gemäkelt und es sich so mit dem Künstler ein für alle Mal verdorben. Kein einziges Bild würde Graffiti je an Ozo verkaufen, geschweige denn ein Porträt von diesem unmöglichen Kater anfertigen, lieber würde er seine Malerei aufgeben.

Nun als Alubot ihn um ein Porträt bat, war Graffiti dieser Auftrag sehr gelegen gekommen, denn einen Roboter zu zeichnen, bedeutete für ihn eine neue Herausforderung, zumal man das Porträt sogar mit zur Erde nehmen würde. Reichte sein künstlerisches Talent überhaupt aus, um die verwöhnten Menschen zu beeindrucken? Aus diesem Grunde war er richtig aufgeregt und konnte es kaum erwarten, mit dem Malen anzufangen.

Als dann aber Ozo gleich nach Alubot seine Werkstatt betrat, war Graffiti unangenehm überrascht und überhaupt nicht begeistert.

Der freche Kater hat mir gerade noch gefehlt!, dachte er, während er argwöhnisch Ozo im Auge behielt, der sich neugierig in der Werkstatt umsah.

Ozo hatte anscheinend sogar seinen alten Schulzeichenblock und Farbstifte mitgebracht.

„Ozo Mausjäger, hast du dich verlaufen? Zum Fluss geht es dort entlang!" Graffiti wies in Richtung Tür.

Ozo strich jedoch nur gelangweilt über seine Schnurrhaare.

„Du brauchst etwas Konkurrenz, Anstreicher, oder fürchtest du dich davor?", antwortete er schnippisch und baute dann, ohne weiter auf Graffiti zu achten, eine Staffelei auf. Es war nicht etwa seine eigene Staffelei, oh nein, es war sogar die allerbeste die Graffiti besaß.

Graffiti schluckte seinen Unmut hinunter, ließ Ozo aber gewähren.

„Nun denn, Kater, zeig uns, was du kannst!", forderte er ihn heraus und bat Alubot, auf einem Hocker Platz zu nehmen und sich ja nicht mehr zu bewegen.

Ozo, von sich selbst überzeugt, griff wie Graffiti nach Papier und Malstift.

„Miau, miau! So schwer ist das Porträtieren für mich nicht, hier einen Schnörkel, dort einen Strich – und den kleinen Rest erledigt mein außergewöhnliches Talent! Ohren kann ich übrigens besonders gut zeichnen."

„Ich habe doch gar keine Ohren", erwiderte Alubot verdutzt, der die Anspielung natürlich nicht verstand, aber Graffiti kochte innerlich vor Zorn.

Bloß nicht aufregen, dachte er, beim Malen brauche ich unbedingt eine ruhige Hand! Das Bild von Alubot musste schließlich perfekt werden.

Die Stunden vergingen und neben Ozo stapelte sich ein beträchtlicher Haufen aus zerknülltem Papier.

„Alubot, du bist ein langweiliges Model. Ich brauche ein besseres, eine wilde Echse oder so", murrte Ozo verdrossen und machte sich ganz plötzlich flink davon. Merkwürdigerweise ließ er aber seine Malsachen in der Werkstatt zurück.

„Diesem listigen Kater glaube ich kein Wort!", erklärte Graffiti und glättete einige der zerknüllten Skizzen. „Wusste ich es doch", griente Graffiti und zeigte sie Alubot.

Entsetzt und hilflos starrte Alubot auf Ozos Werke.

„Was ist das denn für eine merkwürdige Gestalt?"

Die Figur auf dem Bild war beleidigend hässlich und zeigte Ähnlichkeit mit einem o-beinigen Kleiderständer mit einer unförmigen Melone als Kopf darauf.

„So furchtbar komisch sehe ich doch hoffentlich nicht aus, oder doch?", fragte Alubot etwas verunsichert und blickte zu Graffiti hinüber, der inzwischen Ozos gesamte Werke zum Verbrennen in den Ofen stopfte.

Graffiti winkte ab: „Nein, nein, beruhige dich, hier war nur ein Möchtegern am Werk. Sieh dir mal mein Bild von dir an, das trifft dich eher!"

Jetzt betrachtete Alubot neugierig Graffitis Malerei. Das Bild *Alubot in Carpion* übertraf alles, was er sich von seinem Porträt insgeheim versprochen hatte, so gelungen war es. Der Künstler hatte Alubot zeichnerisch in die Stadt auf den Marktbrunnenrand gesetzt.

„Das Bild wird jedem gefallen", schwärmte Alubot. „Ich sehe zwar nicht so prächtig aus wie eure Königin, aber ich glaube, du hast mich genau getroffen!"

Graffiti packte Alubots Bild gut ein, damit es den Transport von Lanugon zur Erde heil überstehen würde.

„Bis die Planetenwächter es abholen, bleibt das Bild in der Werkstatt", schlug Graffiti vor, „hier ist es vor Ozo sicher. Dieser lausige Künstler bekommt es sonst noch fertig und nimmt *Verbesserungen* vor."

Alubot glaubte eigentlich nicht, dass Ozo noch Interesse an der Kunst haben würde, aber trotzdem hielt er die ganze Nacht Wache vor der Werkstatt, denn das Bild war ihm einfach zu wichtig.

## Der Notruf

Am Nachmittag des nächsten Tages traf wie versprochen die Wächterfähre in Carpion ein, doch Acer brachte schlechte Neuigkeiten mit.

„Wir haben gerade kurz vor der Landung einen Notruf von unserer Einsatzzentrale erhalten. Wir müssen den Flug zur Erde etwas aufschieben und vorher noch drei vermisste Taucher im Cabur-Meer suchen."

„Und wo liegt dieses Cabur-Meer?", fragte Alubot interessiert.

„Das Meer befindet sich auf dem gleichnamigen Planeten Cabur, der zwischen den Planeten Lanugon und Murrtan seine Bahn zieht. Die Caburianer ähneln äußerlich den Carpionern und Murrtanern, sind aber etwas kleiner und haben längere Nasen und rundere Ohren. Außerdem sind sie ausgezeichnete Schwimmer. Sie verfügen über keine fortschrittliche Technologie, dafür betreiben sie aber einen ansehnlichen Handel mit Meeresfrüchten und schwarzen Perlen", erklärte Acer. Gleich darauf stellte er die entscheidende Frage: „Nun denn, Alubot, könntest du uns in dieser Angelegenheit erneut helfen? Mit dir haben wir einfach eine bessere Chance, die Taucher überhaupt zu finden. Du brauchst unter Wasser keine Atemluft wie wir und kannst deshalb länger unten bleiben. Außerdem ist das Gelände schwierig, neben Unterwasserhöhlen gibt es dort einen gefräßigen Meeresbewohner, der den Fischern ziemlich zu schaffen macht."

Für Alubot war es selbstverständlich zu helfen.

„Klar komme ich mit! Und wie sieht es mit Ozo aus, soll er auch mitkommen?"

„Besser nicht!", meinte Acer. „Ozo ist kein erfahrener Taucher und sicher froh, wenn er hier bleiben kann. Unser Funker Murro ist ausgebildeter Helmtaucher, er wird dich begleiten. Übrigens, gleich nach diesem Einsatz fliegen wir wie versprochen zur Erde und übergeben, wenn es denn überhaupt möglich ist, deine Bildnachricht."

Und so ging Alubot mit an Bord der Wächterfähre.

# Der blinde Passagier

Kaum hatte die Fähre abgehoben, hörte Trabo, der Koch, der genau wie Navigator Hippus vom Planeten *Rossappelum* stammte, ein dumpfes Poltern aus dem Laderaum. Seine Sorge um die Vorratskisten ließ ihn dort lieber gleich nach dem Rechten sehen. Kaum hatte er die Tür zum Laderaum geöffnet, rollten ihm schon Rüben entgegen. Doch offensichtlich war keine einzige Kiste umgekippt. Wie kamen die Knollen dann auf den Boden? Bevor er überhaupt weiter darüber nachdenken konnte, hob sich ein Kistendeckel. Eine dicke Rübe flog in hohem Bogen heraus und rollte dem erschrockenen Rossaner direkt vor die Hufe.

„Na warte!", schnaubte Trabo und sprang zur Kiste. Er stieß den Kistendeckel herunter und zog einen blinden Passagier aus seinem Versteck.

„Hast du etwas gegen die Rüben, oder warum wirfst du sie im Laderaum herum?", fuhr er ihn böse an.

„Sie drücken", miaute der Entdeckte, „es ist ziemlich eng in so einer Kiste. Probier es doch selbst einmal aus, wenn du mir nicht glaubst!"

Das wäre ja nun wirklich das Letzte gewesen, was Trabo getan hätte. Laut schimpfend zerrte er den Rübenwerfer mit sich und direkt vor die überraschten Augen des Kommandanten.

„Ozo Mausjäger", staunte Acer, „hat Alubot dir denn nicht klar gemacht, dass du diesmal nicht gebraucht wirst?"

„Schon, aber Alubot muss noch viel von mir lernen, ich komme lieber mit. Außerdem kann ein Held wie ich sogar euch noch eine Menge beibringen."

Ozo war es wirklich kein bisschen peinlich, sich unerlaubt an Bord zu befinden.

*„Das ist ein riskanter Taucheinsatz und für ungeübte Taucher nicht ungefährlich",* hatte Alubot seinem Freund noch kurz vor dem Abflug erklärt, *„nur deshalb sollst du hier bleiben."*

Ozo schien Einsicht zu zeigen – aber nur scheinbar. Er musste einfach überall dabei sein, denn was Alubot durfte, das wollte er auch.

Es gab aber auch noch einen anderen guten Grund, weshalb Acer den Kater lieber in Carpion lassen wollte. Ozos Begabung, immer seinen eigenen Willen durchzusetzen und den anderer überhaupt nicht zu respektieren, war für Acer genauso unerträglich wie Blattläuse zwischen den Blättern auf seinem Haupt.

Pflanzenwesen, wie die Botaner, hatten hin und wieder damit größere Probleme, und sie waren schwer wieder loszuwerden.

Mit Ozo verhält es sich ganz genauso, dachte Acer grimmig.

„Ich kann ja auf die Vorräte im Laderaum aufpassen, während ihr alle taucht", miaute Ozo, jetzt äußerst gut gelaunt zum Ärger der Wächter. „Das kann keiner besser als ich. Ich schlage jeden Räuber in die Flucht!" Ozo nahm Kampfhaltung an und boxte nach unsichtbaren Gegnern.

Aber Acer stoppte Ozos Kampf sofort.

„Wir sind doch nicht alle gleichzeitig im Wasser, so etwas Unsinniges! Und auf unsere Vorräte passt ganz gewiss nicht du auf, aber du wirst Trabo in der Kombüse helfen", befahl er und blickte immer noch missgestimmt auf den blinden Passagier.

„Das lass ich mir nicht gefallen", miaute Ozo laut auf, „ich will auf keinen Fall ...!" Aber der Koch schubste ihn, ohne auf sein Geschrei zu achten, in die Kombüse.

„Hier hast du ein Messer zum Rübenschälen", grinste Trabo, „und gib dir ja Mühe, sonst setzt man dich vor die Tür! Und da ist es mächtig kalt, da nützt dir auch dein dickes Fell nichts."

Er deutete viel sagend nach draußen in die unendliche Weite der Milchstraße und wieherte dabei vor Vergnügen. Um Ozo noch weiter zu necken, fragte er: „Heute gibt es Rübeneintopf, Kater, magst du den?" Demonstrativ rührte er kräftig in einem großen Suppentopf herum.

Ozo schluckte, denn das gehörte bestimmt nicht zu seinen Lieblingsspeisen.

„Da ist mir ja der Spaziergang im Weltall fast lieber, als faden, matschigen Rübenbrei essen zu müssen", fauchte er aufgebracht und beschwerte sich weiter. „Mich so zu bestrafen ist ungerecht! Ich bin doch nur mitgekommen, um Alubot zu beschützen. Er kennt die Gefahren der Milchstraße einfach noch nicht so gut wie ich."

Doch Trabo hörte ihm gar nicht mehr zu. Lustlos machte sich Ozo an die Arbeit. Welche Schmach für den *Superkater* von *Lanugon*.

Nach drei geschälten Rüben hatte Ozo genug, diese langweilige Arbeit war nichts für ihn. Lieber hätte er stattdessen Fische geschuppt, die schmeckten wenigstens. Der sehnsüchtige Gedanke an leckere Fische war wohl letzten Endes der Grund, dass er den Rest der Rüben zu kleinen fischähnlichen Figuren zurechtschnitzte. Der Schälabfall war deshalb gewaltig.

„So schmecken Rüben viel besser", behauptete Ozo forsch, als der Koch die Kunstwerke ungläubig anstarrte, „ein Feinschmecker wie ich kann das beurteilen, miau!"

Trabo konnte seinen Zorn kaum noch unterdrücken. Heftig schüttelte er immer wieder seine schwarze Mähne und seine Nüstern blähten sich auf wie bei einem Rennpferd nach dem Lauf.

„Wenn ich dich je unter meine Hufe kriegen sollte ...!", zischte er giftig in Ozos Ohr, den Rest verschluckte er lieber. Ozo ließ sich jedoch nicht einschüchtern, emsig schuf er weiter kunstvolle Schnitzereien aus den Rüben.

„Du wirst mir noch dankbar sein, Koch", beteuerte er, „diese leckeren Rübenfische werden dich bestimmt in der ganzen Milchstraße berühmt machen. Jeder will dann nur noch deine Rübenfische essen. Komm, probier doch mal einen rohen Rü...! Miiiauuu!"

Ozo sah den Kochlöffel des Kochs gerade noch rechtzeitig, bevor er seine Künstlerhände treffen konnte. Flink sprang er auf und floh erst einmal in den Laderaum.

Auch gut, dachte Ozo, wenn er meine wertvolle Hilfe nicht zu schätzen weiß, mache ich eben etwas anderes. Am besten ist es, wenn ich die Vorräte inspiziere. Hoffentlich ist etwas Leckeres dabei!

Und schon bald schnurrte Ozo vor Behagen, die Wächter hatten nicht schlecht eingekauft, es war alles an Bord, was ein Carpioner gerne aß und trank. Aber warum sollte es dann heute überhaupt Rübeneintopf geben?

Darüber dachte Ozo noch angestrengt nach, als der Koch die Glocke zum gemeinsamen Mittagessen läutete.

Während des gemeinsamen Mahls berichtete Kommandant Acer allen Näheres über den Einsatz im Cabur-Meer. Es ging dabei um drei vermisste Schwimmtaucher – genauer gesagt Porks, vom Planeten Drall. Laut Acers Beschreibung hatten sie äußerlich ein wenig Ähnlichkeit mit rosigen Schweinchen in modischer Kleidung und liefen, wie die Carpioner, aufrecht auf zwei Beinen herum. Abenteuerreisen und fröhliche Feste schienen neben dem guten Essen zu ihren Lieblingsbeschäftigungen zu gehören. Acer konnte es sich nicht verkneifen, ein wenig über den Leichtsinn vieler Milchstraßenbewohner zu schimpfen, und insbesondere über den der Porks, die sie jetzt suchen sollten.

„Wir Planetenwächter wären nicht so oft unterwegs, wenn alle ein wenig vorsichtiger zu Werke gingen und gut gemeinte Ratschläge ernst nehmen würden", klagte er und erzählte weiter. „Diese Porks wollten wohl unbedingt in einer sehr gefährlichen Bucht im Cabur-Meer nach schwarzen Perlen tauchen. Ein Fischer hatte sie extra noch gewarnt.

*, Hütet euch vor Schneidzahn, diese Bucht ist sein Reich. Sucht euch lieber einen anderen Platz zum Tauchen!'*

Doch sie hatten nicht auf ihn gehört, sondern ihn sogar ausgelacht.

*, Wir haben Harpunen dabei,'* hatten sie selbstsicher gegrunzt, *, damit sind wir perfekt ausgerüstet. Dein Schneidzahnmonster soll nur kommen …!'*

Und wieder hatten sie übermütig gelacht."

Acer schüttelte verständnislos sein Blätterhaupt und trank noch schnell einen großen Schluck Mineralsaft, bevor er mit dem Reden fortfuhr: „Noch am selben Abend hat der Fischer dann ihr leeres Boot am Nordufer der Bucht treiben sehen und uns daraufhin sofort verständigt. Jetzt gelten die Porks seit zwei Tagen als vermisst. Hoffentlich haben wir überhaupt noch eine Chance, sie lebend zu finden."

Allen war klar, dass sie mit dem Schlimmsten rechnen mussten.

Ozo spukten aber auch die schwarzen Perlen im Kopf herum.

„Wir werden reich, wir werden reich! Ich kaufe alle Fischläden leer, das wird ein Festessen!" Übermütig tanzte er um den Tisch herum und trat dabei, sicher ganz aus Versehen, dem Koch auf den Huf.

„Ozo," warnte ihn Alubot, „wenn du nicht sofort mit deinem Freudentanz aufhörst, zieht dir noch jemand das Fell über die Ohren!"

Er deutete warnend zum Koch hinüber, der, seit Ozo Küchenhilfe spielte, nur noch ein verdrossenes Gesicht machte. Der Koch wieherte zustimmend, während er sich den schmerzenden Huf rieb.

„Das mache ich sogar mit dem größten Vergnügen.", schnaubte er. „Ich kann auch *d a s* mit ihm machen, was er mit meinen leckeren Rüben gemacht hat."

Er wetzte demonstrativ sein großes Küchenmesser, während er Ozo nicht aus den Augen ließ.

Der Superkater war beleidigt, aber endlich mucksmäuschenstill.

Natürlich brauchte Ozo keine Angst zu haben, denn jeder, der ihn gut kannte, verzieh ihm letztendlich, aber der Umgang mit ihm war und blieb etwas anstrengend.

## Schneidzahns Revier

Als die Wächterfähre wie ein Wasserflugzeug im Einsatzgebiet zur Landung ansetzte, staunte Alubot über die vielfältigen Möglichkeiten dieses Raumschiffes.

„Nur mit der besten Technik lassen sich solche Einsätze überhaupt erfolgreich ausführen", erklärte Acer. „Mit einem normalen Raumschiff wäre das einfach nicht möglich."

Nun konzentrierte sich alles auf die Suche nach den Porks. Hoffentlich kamen sie nicht zu spät, es waren schließlich schon vier kostbare Tage vergangen.

Die Bucht, in der man die Taucher zuletzt gesehen hatte, war allen caburianischen Fischern unter dem Namen *Schneidzahns Revier* bekannt und eben wegen diesem *Schneidzahn* gefürchtet. Die Fischer, die hier ihre Netze auslegten, liefen oft Gefahr, ihren Fang mitsamt der Netze an diesen Räuber der Meere zu verlieren. Er war ein wildes Seeungeheuer, schrecklich anzusehen und immer hungrig. Nicht nur jedes Netz rissen seine messerscharfen Vorderzähne mühelos in Stücke, ja sogar Ruderblätter hatte er schon abgebissen. Im seltenen Fall, dass es irgendeiner Beute gelang, ihm zu entkommen, oder Schneidzahn aus einem anderen Grund schlechte Laune hatte, peitschte er wild mit seiner gewaltigen Schwanzflosse und seinen Fangarmen die Wasseroberfläche der Bucht auf, und jeder Seemann musste sich an Deck gut festhalten, damit er nicht ins tosende Wasser und folglich dem Vielfraß zum Opfer fiel. Hatte Schneidzahns Zorn sich irgendwann gelegt, zog er sich auf den Meeresgrund zurück, um erneut auf Beute zu lauern.

Ausgerechnet hier musste nun der Meeresboden nach den vermissten Tauchern abgesucht werden. Alubot warf einen vorsichtigen Blick über die Bordwand. Die Wasseroberfläche schimmerte grau wie flüssiges Metall, sodass er nicht erkennen konnte, ob sich darunter etwas bewegte.

„Schneidzahn könnte sich bereits unter unserer Fähre befinden", murmelte Kommandant Acer, der neben ihm stand, beunruhigt.

„Ein unangenehmer Gedanke", antwortete Alubot und wischte sich ein paar Öltropfen von der Stirn. „Ich werde mich lieber gleich für den Taucheinsatz fertig machen, bevor mich noch ganz der Mut verlässt."

Murro, der Funker, der Alubot auf dem Tauchgang begleiten sollte, hatte seine Helmtaucherausrüstung stets mit an Bord. Der Anzug war im Laderaum in einer Kiste verstaut, die in unmittelbarer Nähe der Rübenkiste stand, in der Ozo sich an Bord gemogelt hatte. Natürlich hatte Trabo Ozo den Auftrag erteilt, die aus der Kiste geworfen Rüben gefälligst sofort wieder einzusammeln, aber Ozo überhörte die meisten seiner Anweisungen einfach. Stattdessen legte er sich irgendwo auf die faule Haut und tat dann später so, als hätte er schwer gearbeitet.

Und nur deshalb kam es jetzt zu dem Unglück. Murro stolperte über eine der immer noch herumliegenden Rüben. Alubot, der Murro in den Laderaum gefolgt war, half Murro wieder auf die Beine, doch der stöhnte beim Auftreten vor Schmerz laut auf.

„Au, au, zum räudigen Kater, welcher in saurer Milch gebadete Hohlkopf hat die Rüben hier verstreut? Wehe, wenn ich denjenigen erwische! Au, au, miauuu!"

„Vielleicht sind die Rüben ja beim Start aus der Kiste herausgerollt", meinte Alubot etwas lahm, denn er glaubte selbst nicht daran. Hatte Trabo Ozo nicht neulich hier zwischen den Rüben entdeckt ...? Es dauerte auch gar nicht lange, bis der Schuldige von Trabo vor den Augen des Kommandanten entlarvt wurde.

„Tausendmal habe ich Ozo gesagt, dass er die Rüben wieder aufsammeln soll, aber der Superheld kann nicht einmal das."

Zwischen Trabo und Ozo wurden giftige Blicke getauscht, während Ozo alle Schuld von sich schob.

„Ich sollte ja nicht auf den Proviant aufpassen, sondern in der Kombüse helfen und blöde Rüben schälen. Das hat Kommandant Acer mir selbst befohlen!", wetterte er dagegen und deutete angeekelt auf die Reste vom Rübeneintopf, die noch auf dem Tisch standen.

Acer seufzte, dieser gerissene Kater war wirklich um keine Antwort verlegen, aber das war jetzt nebensächlich, er musste unbedingt einen Ersatztaucher für Murro finden.

Alubot machte sich inzwischen für den ersten Taucheinsatz fertig. Er stieg in einen leichten Anzug für Schwimmtaucher, damit sein Aluminiumkörper bei längerem Tauchgang nicht voll Wasser laufen konnte. Statt der dazugehörenden Schwimmflossen zog Alubot aber schwere Taucherschuhe an, denn er sollte gemeinsam mit dem Helmtaucher den Meeresboden gründlich nach Spuren der Porks absuchen. Atemgerät brauchte er nicht mitzunehmen, da Roboter keine Lungen haben und eigentlich zeitlich unbegrenzt tauchen können, nur zum Ölen der Gelenke müsste er ab und zu einmal aus dem Wasser herauskommen. Zuletzt wurde noch ein langes Seil, eine so genannte Sicherheitsleine, an seinem Körper befestigt, die ihn mit der auf dem Wasser schwimmenden Wächterfähre verband. Man brauchte dieses Seil einerseits, um Alubot im Notfall wiederzufinden und aus dem Wasser herausziehen zu können, und andererseits zum Zeichen geben, weil er nicht wie ein Helmtaucher mit einer Sprechanlage ausgerüstet war. Bei Gefahr sollte Alubot dreimal ruckartig am Seil ziehen, wollte er seine Arbeit beenden, musste er zweimal gemächlich ziehen, und beim Auffinden der gesuchten Porks sollte das Signal *kurz – lang – kurz – lang – kurz – lang* sein.


Kommandant Acer suchte immer noch einen Freiwilligen. Ein Problem bestand auch darin, dass der Taucheranzug eigentlich nur Murro, dem Murrtaner, richtig passte.

„Nun, Wächter, wer von euch taucht mit?"

Der Gedanke an Schneidzahn sowie der bei allen nur schlecht sitzende Taucheranzug ließ sogar die tapfersten unter den Wächtern zögern. Ungeduldig wartete Acer auf Meldung, aber keiner schien bereit zu sein.

Genau in diesem Augenblick trat Ozo laut schimpfend aus der Kombüse.

Alle Augenpaare richteten sich unfreundlich auf ihn. Seine Angebereien und Meckereien wurden immer unerträglicher, außerdem hatte er auch Schuld an Murros Unfall, Trabo hatte es bereits jedem an Bord erzählt.

„Miau, miau, ein Held wie ich sollte keine Rüben schälen müssen", miaute er schon wieder vor sich hin. Doch bevor er noch einmal Miau sagen konnte, hatte Acer ihn in den schweren Taucheranzug mit Helm stecken lassen.

„Der Kater hat genau die richtige Figur für diesen Anzug", sagte er äußerst zufrieden, „außerdem sollte ein Held wie er keine Rüben schälen müssen! Wir haben etwas sehr viel Besseres für ihn."

Alubot war erstaunt von Acers spontaner Entscheidung ausgerechnet Ozo tauchen zu lassen.

„Aber Ozo ist kein erfahrener Taucher, sollte er nicht lieber hier an Bord bleiben?"

„Ach wo", winkte Acer ab, „da unten sind viele Fische, dort fühlt er sich bestimmt wohl."

Mit einem lauten Platsch landete Ozo im Wasser, wobei Acer ein wenig nachgeholfen hatte. Und schon ging es abwärts in die Tiefe – Ozo unfreiwillig voran und Alubot freiwillig hinterher. Zum Schutz der beiden, alle dachten natürlich an Schneidzahn, wurde ein Tauchkäfig, ähnlich jener, die auf der Erde zum Schutz vor Haien benutzt werden, auf den Meeresboden hinabgelassen.

Ich fühle mich wie ein Köder am Angelhaken, dachte Ozo wehleidig, ausgerechnet in salzigem und schmutzigem Meerwasser muss ich mein Leben lassen, wenn es stattdessen wenigstens süße Sahne wäre.

Aber schon der Anblick des ersten Fisches ließ ihn sein Leid vergessen. Ozo liebte Fische. Gekocht, gegrillt, gedünstet, gebacken ... jede Sorte Fisch, wenn man es recht bedachte. Der kleine heimliche Imbiss im Laderaum und die Portion Rübeneintopf zum Mittagessen hatten nicht lange vorgehalten, Ozos Magen knurrte schon wieder.

Alubot schaute sich lieber erst einmal gründlich nach diesem Schneidzahn um, eigentlich müsste er ihn doch auf Anhieb erkennen können. Groß, schrecklich und gefräßig sollte er aussehen, doch von einem solchen Tier war weit und breit nichts zu sehen, hier schwammen nur harmlose bunte Fische vorbei. Ozo schien großes Interesse an jedem Fisch zu haben, immer wieder versuchte er einen mit den Händen zu fangen, und deshalb musste Alubot notgedrungen erst die Fische verscheuchen, damit Ozo sich wieder an ihren eigentlichen Auftrag erinnerte. Alubot deutete nun auf einen felsigen Teil der Bucht, dort sollten sie heute zuerst suchen. Das Gehen unter Wasser war mühsam, gerade für ungeübte Taucher, aber die Suche nach Spuren führte sie durch eine schöne, wenn auch gefährliche Tiefseewelt. Der erste Tag verlief jedoch enttäuschend ergebnislos, aber wenigstens war ihnen Schneidzahn erspart geblieben.

Am nächsten Morgen schmuggelte Ozo geschickt ein Küchensieb mit in die Tiefe, um damit mindestens einen fetten Fisch zu fangen. Hoffentlich braucht der Koch das Sieb heute nicht. Ozo verdrängte den unangenehmen Gedanken an Trabo, er wollte sich jetzt ungestört um sein Mittagessen kümmern. Endlich wieder Fisch. Die Rüben konnten ihm gestohlen bleiben.

Doch nicht nur Kater verspeisen Fische. Als er nun mit dem Sieb nach einer besonders leckeren Beute wedelte, entriss plötzlich ein langer Arm Ozo das Sieb, während ein anderer sich um den Fisch schlang und die übrigen sechs Arme ihm Lebewohl zuwinkten. Das diebische Geschöpf, ein gelber caburianischer Krake, schwamm, in eine blaue Tintenwolke gehüllt, eiligst mit der Beute davon.

Ozos Überraschung verwandelte sich sehr schnell in Ärger. Er stapfte mit seinen schweren Taucherschuhen hinter der blauen Wolke her.

„Na warte, du könntest auch in meinem Kochtopf landen", fauchte er unter seinem Taucherhelm. „Stell dich zum Kampf, du feiger Fischdieb!"

Die Sicht in der blauen Tintenwolke wurde immer schlechter.

„Ah ...!" Ozo stieß mit dem Helm gegen etwas Hartes. Er packte und schüttelte es.

„Her mit meinem Fisch, sonst füttere ich dich mit saurer Milch!", miaute er zornig. Selbst wenn sein Gegner ihn hören könnte, hätte Ozo ihn nicht einschüchtern können, denn alte Schiffsplanken haben keine Angst. Die Einzigen, die etwas verwirrt dreinschauten, waren die Wächter, die Ozos Geschimpfe aus der Sprechanlage hörten.

„Was ist los da unten, ist Schneidzahn aufgetaucht?", fragten sie, aber Ozo gab einfach keine Antwort, er suchte schließlich einen Fischräuber.

Erst als die Sicht wieder etwas besser wurde, erkannte Ozo seinen Irrtum. Enttäuscht warf er die Schiffsplanke zurück auf den Meeresboden. Der Krake war ihm entwischt.

Später beim Abendbrot an Bord kamen Ozo vor Enttäuschung fast die Tränen. An alle hatte der Koch gedacht: Für die Botaner standen mineralstoffhaltige Getränke auf dem Tisch, für die Rossaner verschiedene Gemüsespeisen, und auch für den Rest der zusammengewürfelten Truppe schien etwas Schmackhaftes da zu sein. Nur für ihn war wieder nichts Verlockendes dabei, denn Ozo wollte nur Fisch. Hin und wieder aß er ja auch zu Hause Rüben, aber doch nicht dreimal am Tag und das wochenlang. Wohl oder übel quälte er sich die rohen Rübenscheiben auf Haferbrot hinunter, denn die fremdartigen Speisen der anderen hätte er nie im Leben angerührt. Bevor sie sich zur Nachtruhe in ihre Kabinen begaben, klagte er Alubot sein Leid.

„Glaub mir, Trabo will mich mit den Rüben vergiften, mein Magen knurrt schon jede gegessene Rübe böse an, und im Traum sehe ich nur noch Rübenfelder. Ich will endlich wieder Fisch essen!"

Der Kummer seines Freundes bedrückte auch Alubot.

„Sprich doch einmal mit Trabo, vielleicht weiß er einfach nicht, was dir schmeckt!", riet er Ozo.

„Lieber nicht", miaute Ozo leise, „der ist mir immer noch böse. Wenn ich die Rüben nicht esse, dann setzt er mir bestimmt stattdessen saure Milch vor die Nase." Ozo schüttelte sich und schlich mit hängendem Kopf in seine Kabine. Alubot war ratlos, mit Nahrungsmitteln kannte er sich gar nicht aus, aber es musste doch einen Weg geben Ozo zu helfen.

## Schneidzahns Angriff

Auch am nächsten Tag starrte Ozo wieder einmal hungrig einem dicken Fisch hinterher. Es hatte an Bord für ihn wieder nur Rübeneintopf und Ärger mit dem Koch gegeben. Aus lauter Unaufmerksamkeit sah er daher den Abhang zu spät. Wild um sich greifend, um Halt zu finden, riss er Alubot mit in die Tiefe. Kopfüber purzelten sie wie in Zeitlupe hinunter. Das Wasser verhinderte einen wirklich gefährlichen Aufprall auf dem Meeresboden. Ich bin nicht verletzt, alles ist in Ordnung!, signalisierte jeder dem anderen in Zeichensprache, dann stapften sie weiter durch die Unterwasserwelt. Ein ungewöhnlich großer Hügel weckte ihre Neugier, irgendetwas schien daran zu funkeln. Waren das etwa zwei schwarze Perlen? Nein, das konnte nicht sein, Perlen lagen immer in Muscheln, und sie bewegten sich auch nicht wie ... Augen. Augen?!

Blankes Entsetzen packte sie und ließ sie erzittern. Gebannt starrten sie jetzt auf das, was sie fatalerweise für einen harmlosen Hügel gehalten hatten. Das konnte nur der gefürchtete Schneidzahn sein. Sein riesiger mit Schlamm und Tang bedeckter bräunlicher Körper, halb Echse und halb Krake, setzte sich in

Bewegung. Lauernd schwamm das bedrohliche Wesen um die neue verlockende Beute herum. Der Kopf des Tieres schien nur aus gierigen schwarzen Augen und einem Riesenmaul mit scharfen Zähnen zu bestehen. Seine sechs schier endlos langen kräftigen Fangarme stellten ebenfalls Waffen erster Güte dar, und mit der gewaltigen Schwanzflosse, die sich im Augenblick noch recht ruhig im Wasser hin und her bewegte, konnte er mit Leichtigkeit eine Schiffswand einschlagen.

Derweil zog das Ungeheuer die Kreise immer enger.

Jetzt mussten die kleinen Helden überlegt handeln. Einerseits wäre aber ein schnelles Auftauchen fatal gewesen, da Schneidzahn sie dann wie Angelköder gepackt hätte – nur der Tauchkäfig konnte sie noch vor ihm schützen. Andererseits war schnelles Laufen unter Wasser so einfach auch nicht möglich. Alubot gab Ozo mit seinem Metallkörper lieber etwas Deckung, sodass Schneidzahn beim ersten Biss zunächst einmal Aluminium zwischen den Zähnen gehabt hätte, und das würde ihm bestimmt nicht schmecken. Schritt für Schritt kämpften sie sich mühsam in Richtung Käfig, während sich Ozo schwor, nie wieder übers Rübenschälen zu meckern, wenn er nur wieder heil aus dem Wasser herauskäme. Alubot perlte indessen bedenklicherweise immer mehr Öl von der Stirn, irgendwann würden seine Gelenke steif werden, dann wäre er Schneidzahn total ausgeliefert und Ozo bestimmt keine Hilfe mehr.

Schneidzahn spielte immer gern ein wenig mit seiner Beute wie die Katze mit der Maus. Ein paar Mal tat er so, als ob er zuschnappen wollte, dann wieder interessiere er sich für einen vorbeischwimmenden Fisch. Doch Alubot und Ozo konnte er nicht täuschen, sie wussten, dass sie auf seiner Speisekarte ganz oben standen. Ungefähr zehn Schritte trennten sie noch vom rettenden Käfig – und jeder Schritt davon konnte ihr letzter sein.

… a c h t, Schneidzahn kam näher, n e u n, diesmal meinte er es wohl ernst, Alubot konnte jeden einzelnen Zahn in seinem gewaltigen aufgerissenen Rachen mit absoluter Klarheit sehen,

z e h n, er fiel den nächsten Schritt eher vorwärts, als dass er ging – geschafft!

Alubot und Ozo ließen sich erschöpft in den Käfig sinken, während Schneidzahn nicht begriff, dass diese Beute für ihn verloren war, selbst als Alubot die Käfigtür direkt vor seiner Schnauze zuwarf. Für ihn steckten die Leckerbissen jetzt in einem Netz wie die anderen Fische auch, die er den Fischern stahl. Nun wollte er sie sich endlich holen und riss den Käfig mit seinen Fangarmen zu sich heran, dann biss er zu. Seine scharfen Zähne schlugen mit Wucht gegen die Käfigstangen. Vor Schmerz und Wut bäumte sich Schneidzahn auf und schlug wild mit der Schwanzflosse gegen die Metallstäbe. Der Käfig überschlug sich ein paar Mal, wobei Alubot und Ozo ebenfalls mit herumpurzelten, doch als Beute waren sie für das Ungeheuer unerreichbar. Völlig verstört schwamm Schneidzahn ins offene Meer hinaus, so etwas war ihm noch nie passiert.

Alubot und Ozo waren irritiert, warum gab er so schnell auf? Dann sah Alubot etwas Großes auf dem Grund blinken. Er griff durch die Käfigstangen hinaus, hob es auf und staunte nicht schlecht, als er zwei abgebrochene messerscharfe Zähne in den Händen hielt. Schneidzahn hatte seine beste Waffe verloren. Das musste das Tier so erschreckt haben, dass es panikartig geflohen war.

Glück gehabt, ging es Alubot und Ozo schlagartig durch den Kopf, denn Schneidzahn würde sich vorerst wohl oder übel mit Seetangkost begnügen müssen, bis seine Zähne wieder nachgewachsen waren. Ob er dann aber je wieder ausgerechnet in diese Bucht zurückkehren würde, war ungewiss.

Der Besatzung der Wächterfähre war Schneidzahns Angriff nicht verborgen geblieben. Die Töne, die aus Ozos Helm zu der Gegensprechanlage an Bord drangen, waren beängstigend gewesen. *„Hil...feee, Schneid...zaaahn, er beißt ....zuuu!"*

Dann hatte man nur noch ein Knattern und Rauschen vernommen, während das Wasser in der Bucht toste und die Fähre gefährlich auf den hohen Wellen schaukelte. Ihre Sorge um Ozo und Alubot war groß, sie konnten nur hoffen, dass die beiden sich irgendwie in den Käfig hatten retten können und der Atemluftschlauch von Ozos Anzug nicht beschädigt worden war.

„Wir warten nicht länger, zieht den Käfig jetzt rauf", befahl Acer der Mannschaft, weil sie immer noch keine Verbindung über die Gegensprechanlage zu Ozo bekamen und auch Alubot noch kein Signal über die Sicherheitsleine gab.

Kaum tauchte der Käfig mit den beiden an der Wasseroberfläche auf, brach Jubel unter den Wächtern aus, und Alubot und Ozo wurden schnell an Bord gehievt.

„Uns geht es gut", berichtete Alubot, während er sich endlich die steif gewordenen Gelenke einölte, „und wir wollen gleich wieder hinunter, denn wir müssen endlich die armen Porks finden. Von Schneidzahn erzählen wir euch dann am Abend."

„Das Monster haben wir jedenfalls erst einmal vertrieben", beruhigte Ozo die Wächter, „gegen uns hatte es einfach keine Chance. Ich habe ihm mit saurer Milch gedroht und schon schwamm es entsetzt dav..."

Bevor Ozo ausreden konnte, hatten die Wächter ihm den Taucherhelm wieder übergestülpt und ihn samt Käfig und Alubot wieder auf den Meeresboden hinabgelassen.

„Na wartet", schwor er, „ihr bekommt meine Geschichte auf jeden Fall noch präsentiert, ob es euch nun gefällt oder nicht!"


## Die Rettung der Porks

Erleichtert darüber, dass sie wenigstens eine Zeit lang vor Schneidzahn sicher waren, setzten Alubot und Ozo ihre Suche nach den Porks fort. Dort, wo sie vorher Schneidzahn begegnet waren, entdeckten sie einen viel versprechenden Höhleneingang und stapften darauf zu. Die Zeit drängte, und irgendwo musste doch eine Spur von den Porks zu finden sein. Hoffentlich waren sie noch am Leben, wenn doch nur nicht schon so viel Zeit vergangen wäre. Jetzt befanden sie sich direkt vor der Höhle.

Ob die Porks auf der Flucht vor Schneidzahn oder auf der Suche nach Perlmuscheln hier hineingeschwommen sind?, dachten beide fast gleichzeitig.

Das Ungeheuer könnte sie aber auch schon gefressen haben, sogar dieser furchtbare Gedanke drängte sich Alubot auf. Ganz zu schweigen davon, dass sie für einen so langen Zeitraum viel zu wenig Atemluft dabei hatten.

Alubot und Ozo spähten nun in den Gang hinein. Da. Da lag doch etwas Helles im Sand. Nachdem Alubot den Gegenstand aufgehoben hatte, hielt er eine von den Perlensuchern vermutlich fallen gelassene Stablampe in der Hand, die sogar noch eingeschaltet war, doch das Licht war nur schwach und die Batterie fast leer. Diese Höhle musste auf jeden Fall genauer abgesucht werden. Ozo musste beim Eingang zurückbleiben und sollte bei Bedarf Hilfe vom Schiff anfordern. Sein Atemschlauch konnte leicht in der Höhle an scharfen Kanten beschädigt werden und war obendrein bestimmt zu kurz. Alubot band seine Sicherheitsleine ab, denn sie war ebenfalls nicht viel länger als Ozos Atemschlauch. Ozo würde bis zu seiner Rückkehr gut darauf aufpassen, hoffentlich.

Alubot schritt mühsam voran und schaltete jetzt die an seinem Kopf befestigte Lampe ein. Der lange Tunnel führte steil bergan, kleine Fische und Krebstiere schwammen im Lichtkegel der Lampe aufgeschreckt umher. Alubot hatte das Gefühl, dass er sich auf die Küste zubewegte, in Richtung der Klippen, die die Bucht umrahmten. Da bemerkte er erneut einen verlorenen Gegenstand. Ein kleiner Taucherkorb lag im Sand. Er war auf der richtigen Spur.

Nach vielen beschwerlichen Schritten erreichte er eine Grotte. Tropfsteine wuchsen bizarr von der Decke herab und andere vom Boden hinauf. Alubot kroch ganz aus dem Wasser heraus, er hatte nun trockenen felsigen Boden unter sich. Hier schien es offenbar Luft zu geben. Vielleicht hatten sich die Taucher hierher retten können?

„Hallo, ist da jemand? Halloo!"

Seine Stimme dröhnte hier in der Grotte merkwürdig laut. Jetzt lauschte er. Kam da nicht ein leises Rufen aus dem hinteren Teil der Grotte?! Alubot kletterte durch das Gewirr der Tropfsteine und sah die vermissten Porks. Zusammengekauert saßen die drei eng beieinander auf dem Boden. Sie schienen unversehrt, aber völlig erschöpft zu sein. „Endlich kommt Hilfe", riefen die drei wie aus einem Munde, „wir hatten die Hoffnung schon fast aufgegeben! Wir können nicht aus dieser Höhle heraus, weil dieses Seeungeheuer uns den Ausgang versperrt. Wie bist du bloß an Schneidzahn vorbeigekommen, und überhaupt, wer bist du eigentlich?"

Alubot beruhigte die Porks: „Ich bin Alubot, ein Helfer der Planetenwächter. Wir suchen schon seit ein paar Tagen nach euch, und habt keine Sorge mehr, Schneidzahn ist nicht mehr in dieser Bucht, ihr könnt jetzt wieder aus dieser ungemütlichen Höhle hinausschwimmen."

Sogleich machten sie sich auf den Rückweg, dafür reichte die Atemluft in ihren Pressluftflaschen noch aus. Dank der Luft in der Höhle, hatten sie sich einen kleinen Rest aufsparen können.

Ozo, der am Eingang der Höhle wartete, gab den Wächtern beim Anblick der Porks gleich Nachricht: „Taucher sind gefunden. Alle Porks noch am Leben und unversehrt. Wir tauchen jetzt gemeinsam mit ihnen auf."

An diesem Abend wurde an Bord ausgiebig gefeiert, die drei Porks waren selbstverständlich mit dabei. Trabo hatte für sie extra einen leckeren Brotpudding gekocht und ihn mit Trüffeln garniert, während es für Ozo zum ersten Mal Fisch in Sahnesoße gab. Alubot hatte ein wenig nachgeholfen und den Kommandanten gebeten, den Koch Ozos Lieblingsgericht zubereiten zu lassen, schließlich hatte er Heldenhaftes unter Wasser geleistet. Das musste anerkannt werden. Ozo konnte sein Glück kaum fassen und häufte eine große Portion auf seinen Teller.

Er hätte bei so einem Essen für immer an Bord bleiben wollen, wenn da nicht die Sache mit dem verschwundenen Sieb gewesen wäre. Der Koch suchte immer noch danach und drohte dem unbekannten Verantwortlichen die furchtbarsten Strafen an. Er blickte, während er schimpfte, eigentlich nur zu Ozo hinüber.

Er kann es nicht beweisen, er kann es nicht beweisen ..., beruhigte sich Ozo immer wieder selbst und verspeiste dabei genüsslich den leckeren Fisch. Noch beim Essen, in gemütlicher Runde, kehrte er wieder einmal den Superhelden heraus.

„Wo war ich vorhin stehen geblieben, ach ja, nach der Drohung mit der sauren Milch habe ich *Schneidzahn* gepackt und ihm die Zähne aus dem gierigen Maul herausgeschüttelt. Er hat sich mächtig gewehrt, sodass das Wasser um uns herum richtig brodelte. Mit letzter verzweifelter Kraft hat er sich dann losgerissen und ist geflohen. Wenn ihr also wieder einmal Probleme mit einem Ungeheuer habt, miau, ihr wisst, wen ihr fragen müsst!"

Brachte Ozo da nicht irgendetwas durcheinander? Alubot staunte über Ozos dreisten Flunkereien, die die Wächter ihm gewiss nicht abnahmen.

„Ein bisschen Seemannsgarn gehört eben zu einer Schiffsreise dazu", verteidigte Ozo seine Erzählung, „sonst wird's ja langweilig. Außerdem ist es ja enttäuschend genug, dass die Porks nicht eine einzige Perle gefunden haben. Ich hätte sicher noch besonders kostbare Perlen gefunden, wenn man mir nur Gelegenheit zum Suchen gegeben hätte."

„An mir soll dein Glück nicht scheitern, lieber Ozo", entgegnete Acer überaus freundlich.

Dann stand er auf und befahl seiner Truppe: „Holt den Taucheranzug, unser Held will wieder ins kalte Wasser."

Ozo blieb vor Schreck fast ein Stück Fisch im Halse stecken, während die Porks aufgeregt quiekten: „Wir wollen auch mit!"

„Ohne mich", miaute Ozo entsetzt, floh mit einem Riesensatz zur Tür hinaus und schloss sich in seiner Kabine ein.

„Auch das musste sein", amüsierte sich Acer, „sonst wird's ja langweilig!"

Als Alubot gleich darauf an Ozos Kabinentür klopfte, weigerte Ozo sich strikt, ihn hereinzulassen.

„Nein, ich mache diese Tür nicht auf!", fauchte Ozo immer noch aufgeregt.

„Acer hat doch nur Spaß gemacht", erklärte Alubot recht hilflos, „außerdem fliegen wir morgen schon ab, für eine Perlensuche bleibt doch gar keine Zeit mehr."

„Und wir fliegen morgen wirklich nach Hause?", vergewisserte sich Ozo misstrauisch.

„Klar", versprach Alubot, „ich weiß es ganz genau, morgen geht es heim."

Ozo atmete erleichtert auf und öffnete die Tür. Zusammen mit Alubot ging er wieder in den Speiseraum zurück, wo ja vielleicht noch ein leckerer Nachtisch auf ihn wartete.


Nachdem die Planetenwächter Alubot und Ozo in Carpion abgesetzt hatten, flogen sie weiter zur Erde. An Bord befand sich Graffitis Meisterwerk. Alubot wollte erst dann mit ihnen dorthin fliegen, wenn er die Gewissheit hatte, dass er wirklich vermisst wurde. Ozo gefiel es überhaupt nicht, wenn Alubots Gedanken zur Erde abschweiften.

„Alubot, du denkst zu viel an die Erdenbewohner, denk lieber an den Spaß, den du hier haben kannst", riet er ihm, „nur hier kannst du die dicksten Fische angeln, und sieh dich doch um, hier ist es friedlich und gemütlich. So etwas bekommst du nirgendwo sonst."

Alubot klopfte seinem Freund beruhigend auf die Schulter: „Ja klar, und Rüben schälen müssen wir hier auch nicht."

Jetzt lachten beide.


## Pit bekommt Robbis Porträt

Einige Wochen später auf der Erde hatten die Planetenwächter in der Nacht ihren Auftrag ausgeführt und dem Jungen Pit etwas ins Zimmer gelegt ...

„Pit, willst du nicht aufstehen? Du musst doch zur Schule!" Seine Mutter zog die Vorhänge zurück. „Oh, du hast ja noch ein schönes Bild von deinem Roboter gemalt!", staunte sie. „Ich hab gar nicht gewusst, dass du so begabt bist, oder hat dir jemand dabei geholfen?"

Pit war jetzt hellwach. Es gab doch nur eine Zeichnung und die hing an der großen Linde. Mit einem Satz sprang er aus dem Bett und auf das Bild zu.

„Das ist nicht von mir, Mama, das hat ein Profi gemalt, das sieht man doch!"

Pits Mutter war einen Moment sprachlos und besah sich das Bild einmal genauer. Ihr Sohn hatte Recht, es war auch irgendwie außergewöhnlich – die Farben, der Hintergrund, die fremde Stadt und besonders Robbi.

„Es geht ihm gut, nicht wahr, Mama, das sieht man doch!", behauptete Pit, und seine Mutter nickte.

„Ja, Robbi sieht richtig vergnügt aus."

Als Roboter konnte Robbi zwar nicht lächeln, aber er schien dem Betrachter des Bildes fröhlich zuzuwinken. Pit strahlte vor Freude, vielleicht hatte er Glück und Robbi kam bald selbst zu ihm zurück.

Glück hatten jedenfalls auch die Planetenwächter, als sie Pits Zettel an der Linde entdeckten, denn ohne ihn wäre ihr Auftrag wohl gescheitert, weil man einen Brief ohne Adresse, wie ihr ja wisst, nicht zustellen kann.

Pit war sich nicht ganz sicher, ob sein Roboter nun vor ägyptischen Pyramiden saß oder vor indianischen Zelten, auf jeden Fall sah alles irgendwie fremdländisch aus. Wie war Robbi nur dorthin gelangt, und konnte er überhaupt von dort zurückkommen?!

„Sobald ich ganz genau weiß, wo Robbi ist, schicke ich ihm eine Fahrkarte, damit er wieder nach Hause kann", beschloss Pit. „In meinem Sparschwein sind über fünfzehn Euro, mehr kann die Karte ja wohl nicht kosten."

Das Bild von Robbi in einer fremden Stadt prangte nun an der Pinwand im Kinderzimmer. Vater, Mutter und Schwester Anne verdächtigten sich gegenseitig, das Bild gemalt oder irgendwo besorgt zu haben. Bestimmt gab es sie irgendwo zu Dutzenden zu kaufen, und außerdem, wer sonst sollte es in Pits Zimmer gebracht haben, wenn nicht ein Familienmitglied. Kein Fremder könnte oder würde an der Hauswand bis zu den Fenstern im vierten Stock hochklettern, nur um ein Bild auf Pits Fensterbank zu legen.

Aber weder seine Eltern noch Anne trauten sich diesen Verdacht auszusprechen und vor Pit schon gar nicht, denn der freute sich riesig über das Bild und zeigte es natürlich stolz jedem, der zu Besuch kam.

„Und das Bild hat dir wirklich dein Spielzeugroboter geschickt?", wurde fast immer ungläubig gefragt.

„Ja klar", bestätigte Pit dann jedes Mal, „wer denn sonst, aber gemalt hat das natürlich ein Profi!"

Für Pit war es selbstverständlich, seinem *Robbi* mit einem Brief zu antworten. Die Rückfahrkarte konnte er ihm leider noch nicht mitschicken. Erst musste er schließlich wissen, in welchem Land Robbi steckte. Er spitzte seinen Bleistift, während er mit gerunzelter Stirn überlegte, was er schreiben sollte. Für einen Schüler der ersten Klasse war das nicht so einfach.

Ich male ein Bild von mir und winke darauf zurück, beschloss Pit. Doch nach einigen vergeblichen Versuchen, sich selbst zu zeichnen, gab er auf und nahm lieber ein Foto aus dem Familienalbum heraus. Mit ein bisschen Hilfe von seiner Mutter schrieb er auf die Rückseite:

*Lieber Robbi,*
*komm doch bitte bald zurück!*
*Ich warte auf dich!*

*Dein Pit*
*PS: Das Bild von dir ist einfach toll!*
*Bist du eigentlich in Ägypten oder in Amerika?*

„Ich brauch einen Briefumschlag, Mama", bat Pit seine Mutter, „einen, der richtig auffällt."

Seine Mutter seufzte heimlich, denn Pits Gedanken kreisten ja nur noch um das Spielzeug, dennoch suchte sie schnell einen großen weißen Umschlag aus einer Schublade heraus. Hoffentlich fand sich der Roboter bald wieder ein.

Sorgfältig steckte Pit nun das Foto in den Umschlag und malte auf die Vorderseite ein Bild von Robbi als Adresse. Jeder musste doch so auf den ersten

Blick erkennen, für wen der Brief bestimmt war. Halt, etwas fehlte noch. Die Briefmarke. Pit wählte eine bunte Marke mit einem Clown als Motiv darauf aus. Zufrieden schob er den frankierten Brief auf die Fensterbank und ließ das Fenster einen Spaltbreit offen, der Brief konnte jetzt abgeholt werden. Der heimliche Bote flog bestimmt mit einem Schlitten durch die Luft wie der Weihnachtsmann, oder er benutzte einen fliegenden Teppich wie Aladin im Morgenland; möglich wäre aber auch, dass eine Brieftaube die Post zustellte.

Wer den Brief abholt, ist eigentlich egal, dachte Pit, die Hauptsache ist, dass er es bald tut!

Am Abend richtete Pit sogar noch auffällig den Lichtkegel seiner Schreibtischlampe auf den wichtigen Brief, doch in dieser Nacht kamen nur ein paar harmlose Insekten herein.

# Insektenplage in Carpion

## 4. Abenteuer

Weniger harmlos als die Insekten in Pits Zimmer auf der Erde waren dagegen die Insekten, die die Einwohner der Stadt Carpion quälten. Stechrüssler umsurrten und stachen sie unaufhörlich. Diese Lanugon-Stechrüssler ähnelten den irdischen Mücken ein wenig, aber wirklich nur ein ganz klein wenig, denn diese Stechrüssler wurden auch von Lichtquellen und beweglichen Dingen unwiderstehlich angezogen. Stießen sie irgendwo auf eine ergiebige Futterstelle, nämlich auf Blut, ließen sie nicht eher von ihrem auserwählten Opfer ab, bis sie einen großen Schluck ergattert hatten. Dicke juckende Beulen zeigten sich kurze Zeit nach dem Einstich. Besonders wütig stachen sie in den Abendstunden zu, und es gab kein Entrinnen. Fast überall begegnete man den gefürchteten Schwärmen, nirgendwo schien man vor ihnen sicher zu sein. Tagsüber schwirrten sie in der Nähe von Seen, Sümpfen und Flüssen herum, wo sie, eben wie Mücken, ihre Eier, die nächste Generation also, im Wasser ablegten, die die Bevölkerung künftig piesacken würde.

Die meisten Carpioner machten das derzeitig extrem feuchtwarme Wetter für diese Insektenplage verantwortlich.

„So ein Wetter hätten wir gebraucht, als die rostigen Eisenmänner uns überfielen, und nicht ausgerechnet jetzt, wenn die Larven der Stechrüssler aus den Eiern schlüpfen!", murrten sie. Da die Insekten größer und aggressiver waren als sonst, argwöhnten ein paar sogar, dass der verrückte Professor Malum Nesselkraut und seine Wachstumspillen irgendetwas damit zu tun haben könnten, die er vor einiger Zeit benutzt hatte, um Carpion mit Fleisch fressenden Pflanzen anzugreifen.

## Die Versammlung

Wegen der Stechrüsslerplage lud Königin Sylva alle Bürger und Bürgerinnen zu einer Versammlung im Schloss ein. Vielleicht hatte jemand von ihnen eine zündende Idee, wie man die Insektenplage eindämmen konnte. Wieder einmal ging es hitzig zu, die Vorschläge waren zwar da, aber nicht durchzuführen. Einige hatten zum Aufstellen von Fischernetzen geraten oder wollten die Stechrüssler sogar mit Leim auf Holzwänden fangen, andere wiederum meinten, kübelweise Insektengift zu versprühen, wäre das Richtige.

Diese Vorschläge wurden von Königin und Ratsherren allesamt abgelehnt, denn Fischernetze waren zum Fangen von Insekten viel zu großmaschig, für hölzerne Klebefallen hätten sie viel zu viele Bäume fällen müssen und eine große Menge Insektengift würde schließlich nicht nur Stechrüssler vernichten, sondern auch alle anderen Insekten, ganz zu schweigen davon, dass es vielleicht ins Trinkwasser geraten könnte.

Auch bei der Frage, ob Malum Nesselkraut nun Schuld an der Plage hatte, die Natur aus dem Gleichgewicht geraten war oder es einfach nur am extrem feuchtwarmen Wetter lag, stritt man sich heftig. Im ganzen lautstarken Durcheinander meldete sich Schlossgärtner Horti nun zu Wort.

„Ich kann es zwar nicht beweisen, Eure Majestät, aber ich bin felsenfest davon überzeugt, dass die Stechrüssler im letzten Jahr den Saft der Monsterpflanzen getrunken haben müssen, deshalb könnte die neue Generation auch größer und so besonders aggressiv sein", behauptete er und erntete dabei wieder einmal heftige Kritik vom Ratsherrn Rattus; auch die anderen vier Ratsherren, Dickpfote, Schwarzkragen, Kratzfuß und Stoppelfell, hielten nichts von Hortis Theorie.

„Unsinn, Stechrüssler sind keine Vegetarier, sie trinken nur Blut", verbesserte Rattus Horti arrogant. „Jemand wie du, der sich dauernd mit Unkraut herumschlägt, müsste doch auch mit diesem Ungeziefer besser vertraut sein", schickte er als Beleidigung noch hinterher. Wie immer dachte Rattus, nur er allein wäre gebildet und allwissend, außerdem passte es ihm nicht, dass die Königin sich neuerdings von anderen Rat und Hilfe holte. Sein Rat war schließlich immer der beste von allen.

„Die Stechrüssler greifen alles an, was sich schnell bewegt, deinen Verstand also mit Sicherheit nicht, Rattus, aber vielleicht die Ranken der Pflanzen", sagte Horti ganz gelassen und redete unbeirrt weiter. „Möglicherweise hat ihnen der Saft ja auch nicht geschmeckt, aber die kleinste Menge könnte schon ausgereicht haben, um die Nachkommen zu verändern."

„Dann müssen wir deiner Meinung nach wohl wieder einmal den supertollen

Alubot um Hilfe bitten", stänkerte Rattus gehässig weiter, „aber wie ich sehe, glänzt seine Rüstung heute durch Abwesenheit. Kann oder will er uns nicht mehr helfen?"

Postwendend erntete er einen Tadel der Königin.

„Streit dulde ich nicht, Rattus, ich will nützliche Vorschläge hören!", schalt sie ihn und wandte sich dann an ihre Bürger. „Wer kann etwas dazu sagen? Wer hat eine brauchbare Idee?"

Doch alle zuckten nur hilflos mit den Schultern, schüttelten verneinend ihre Köpfe oder blieben stumm – auch die klugen Ratsherren.

„Nun denn, dann werde ich eben noch einmal allein darüber nachdenken. Sie erhob sich und verließ mit ihrer Zofe Myra hoch erhobenen Hauptes den Saal.

„Eigentlich hätte ich Alubot bei dieser Versammlung erwartet", gestand sie Myra. „Er hätte uns vielleicht weiterhelfen können."

„Der hilft zurzeit nur einem", schimpfte Myra, „und zwar dem nimmersatten Ozo Mausjäger. Die beiden sind unten am Fluss und angeln, ich habe sie vorhin selbst dorthin gehen sehen."

## Störenfriede beim Angeln

In der Tat, trotz der lästigen Stechrüssler saßen Alubot und Ozo am Ufer des *Fischquells* und angelten. Keiner von ihnen dachte an die Versammlung im Schloss, jeder war vollauf mit sich selbst beschäftigt. Ozo fing dort wie jeden Tag sein Essen, während Alubot sich so die Zeit bis zur Rückkehr der Planetenwächter zu vertreiben versuchte. Die Wächter hatten ihm versprochen, seine irdische Herkunft genauer zu ergründen und das von Graffiti gemalte Bild *Alubot in Carpion* an der „richtigen Stelle" abzugeben.

Hoffentlich konnten sie auch gleich eine Antwort mit zurückbringen.

„Ah, elende Blutsauger!" Ozo schlug wild um sich und schreckte Alubot aus seinen Träumereien auf. „Ich mach euch den Garaus!"

Wieder hatte ihn ein Stechrüssler in seine empfindliche Katzennase gestochen, sie war bereits stark angeschwollen und juckte furchtbar. Zur Linderung tunkte Ozo seine geschundene Nase ins Flusswasser, doch davon ging weder die Schwellung zurück noch hörte das gemeine Jucken auf.

„Die Quälgeister tragen mein kostbares Blut davon", klagte Ozo, „sie sollten lieber dein Öl trinken, du hast schließlich immer eine Kanne in Reserve."

Und als hätten die Stechrüssler Ozo verstanden, umschwirrten sie plötzlich Alubots Ölkanne.

„Geht weg!", dröhnte Alubots Stimme laut und hilflos, und bevor er überhaupt irgendetwas tun konnte, klebten etliche Insekten an der Kanne und viele schwammen sogar im Öl. So schnell wie möglich fischte Alubot einen Stechrüssler nach dem anderen aus der Schmiere heraus und schnippte ihn ins Gras.

„Es scheint ihnen nicht so gut bekommen zu sein wie dein edles Blut", stellte Alubot mit einem Blick auf die ölverschmierten Insekten fest, „sie werden sich nun wohl wieder an dich halten."

„Ich wollte, mein Fell wäre aus Metall wie deine Rüstung", miaute Ozo unwirsch und ein bisschen neidisch, „dann wäre ich jetzt auch zum Scherzen aufgelegt. Ich geh jetzt lieber nach Hause, kann diese Viecher einfach nicht mehr sehen."

Obwohl Alubot wirklich viel besser dran war als Ozo, war ihm die Lust am Fischfang ebenfalls gründlich vergangen. Die Ausbeute war heute sowieso gering, nur zwei winzige Fische hatten angebissen, davon wurde Ozo kaum satt. Nachdem sie in größter Eile das Angelzeug zusammengepackt hatten, flüchtete Ozo mit großen Katzensprüngen zurück in seine kleine gelbe Wohnpyramide am Stadtrand, während Alubot mit kraftvollen Roboterschritten hinauf zum Schloss lief. Er freute sich schon auf einen geruhsamen Abend in seinem Zimmer und auf ein paar interessante Bücher aus der Schlossbibliothek, die Königin Sylva persönlich ihm empfohlen hatte.

„Aus diesen Büchern kannst du viel lernen", hatte sie ihm gesagt, „über die Natur, die Milchstraße und sogar etwas über Technik."

Königin Sylva war wirklich eine besonders nette Königin. Sie hatte ihm gleich nach dem Abflug der schrecklichen Eisenroboter ein gemütliches Gästezimmer im Schloss geben lassen. Inmitten von prachtvoll geschnitzten Möbeln und herrlichen Landschaftsbildern des Kunstmalers Graffiti Mautz fühlte Alubot sich vom ersten Tag an wohl. Kissen, Teppiche und weiche Decken hatte er aber aus dem Zimmer entfernen lassen, denn er brauchte sie nicht für seine Bequemlichkeit. Außerdem hantierte er als Roboter zu oft mit Schmieröl herum. Zofe Myra hatte Alubots Verzicht auf diese Dinge wohlwollend zur Kenntnis genommen und ihm bei dieser Gelegenheit auch nahe gelegt, die Ölkanne auf keinen Fall in seinem Zimmer aufzubewahren, er sollte sie lieber in Hortis Geräteschuppen abstellen.

„Wir wollen ja nicht, dass die Königin über die Kanne stolpert oder auf dem Öl ausrutscht", hatte sie nachdrücklich gesagt.

Alubots Computergehirn CX konnte zwar mit Myras Logik nichts anfangen, aber es sagte ihm eindeutig, dass es besser wäre, die Kanne in den Schuppen zu stellen.

Alubot hatte kaum das Tor zum Schlosshof durchschritten, da hörte er entsetzliches Geschrei. War das nicht die Stimme von Myra?

„Die arme Königin! Ihre hübsche Nase ist völlig zerstochen. Vertreibt die elenden Schwärme, so tut doch endlich etwas! Zeigt, dass ihr nicht nur Sahne schlecken könnt!"

Die Zofe der Königin schimpfte laut mit den Schlosswachen. Diese schlugen nun immer wilder mit ihren scharfen Schwertern durch den surrenden Schwarm hindurch, der im Lichtschein der Hoflaternen spielerisch hin und her wogte.

„Was macht ihr denn bloß, könnt ihr denn nicht einmal ein paar Insekten vernichten?" Myra fauchte praktisch und wedelte sich heftig mit ihrem Fächer ein paar Stechrüssler von der Nase. „Muss ich euch erst zeigen, wie es geht?"

Hätte sie sich bloß rausgehalten.

„Ritsch!" Ihr Fächer zerfiel in zwei Teile.

Entsetzt miaute Myra auf und floh mit einem halben Fächer zurück ins Schloss. Der am Fächerunfall schuldige Wachsoldat sah eigentlich nicht schuldbewusst aus, im Gegenteil, er schien über seinen Treffer höchst zufrieden zu sein. Erst als ein Stechrüssler ihn in seine Nase stach, verschwand das Grinsen in seinem Gesicht, und er kämpfte wieder genauso grimmig gegen den Feind wie seine Kameraden. Natürlich war das Schwenken der Schwerter völlig sinnlos, dadurch ließen sich die Stechrüssler nicht vertreiben, und das Funkeln der Waffen schien sogar noch mehr von diesen blutrünstigen Insekten anzulocken.

Der Feind blieb übermächtig. Auch Alubot konnte hier im Augenblick nichts ausrichten, da er einfach nicht die richtige Waffe gegen diesen Feind besaß.

In diesem Augenblick fiel Alubot auch siedend heiß die Versammlung wieder ein.

„Ich hätte dabei sein müssen", ärgerte er sich laut, „ich hab die Königin regelrecht im Stich gelassen."


## Wenn Guter Rat teuer ist

Am nächsten Tag wurde Alubot von der Zofe Myra gebeten, die Königin im Thronsaal aufzusuchen. Auf dem Weg dorthin marschierte Myra in ihrem blauen Kleid und dem dazu passenden blauen Spitzenhäubchen wie ein Wachsoldat voran und gab sich recht frostig.

„Du bist nie da, wenn man dich braucht, und unsere Schlosswache ist unfähig", beschwerte sie sich bei Alubot, „beinahe hätte sie mich gestern erschlagen, mich und nicht diese Plagegeister!"

Kaum hatte Alubot den Saal nach Myra betreten, ließ ihn der Anblick einer von Kopf bis Fuß verhüllten Gestalt zusammenschrecken. Er blieb wie angewurzelt stehen, bis Myra ihn ungeduldig weiterschubste.

„Königin Sylva, seid Ihr das wirklich?", fragte Alubot misstrauisch und starrte auf die verschleierte Person auf dem Thron. Seine Augen flackerten dabei wie eine defekte Lichtquelle.

„Natürlich ist das unsere Königin", flüsterte Myra ihm verständnislos zu, „wer denn sonst!"

Gleich darauf drang ein weiches angenehmes Miauen durch den dunklen Schleier. „Doch, doch, ich bin es, Königin Sylva. Komm ruhig näher, Alubot! Unter diesem gewaltigen Tuch verbirgt sich kein Feind.

Verzeih, dass ich den Schleier nicht abnehme, aber er verleiht mir ein wenig Schutz vor den Stechrüsslern. Wegen dieser Plagegeister habe ich dich jetzt auch herbestellt. Wie du sicher weißt, gibt es verschiedene Meinungen über die Ursache dieser Plage. Ich jedenfalls glaube inzwischen auch, dass der Verdacht, dass Malum Nesselkrauts Pflanzen die Schuld daran tragen, gerechtfertigt ist. Horti ist ebenfalls dieser Meinung, er befürchtet, dass die Stechrüssler im letzten Jahr den Pflanzensaft gekostet haben, bevor sie ihre Eier ablegten. Aber selbst dann, wenn wir den Grund kennen, hilft uns das nicht weiter. Ich wollte auch noch deinen Rat hören, denn du warst bei der Versammlung ja leider nicht dabei."

Alubot perlte Öl von der Stirn, ihn plagten jetzt echte Gewissensbisse. Hätte Ozo ihn nur nicht mit seinen Überredungskünsten zum Fluss hinuntergelockt.

*„Das Angeln dauert nicht lange"*, hatte er gesagt, *„wir sind ja zu zweit, danach können wir immer noch zur Versammlung gehen, das schaffen wir schon!"* Und dann hatten sie es tatsächlich beide total vergessen.

Alubot wollte die Königin kein zweites Mal enttäuschen.

„Verehrte Königin, ich muss gestehen, dass ich im Augenblick völlig ratlos bin, denn mit Insekten kenne ich mich überhaupt nicht aus. Aber ich werde Marek und Ozo fragen, sie werden mir helfen, die Insekten zu bekämpfen, wir werden es schon schaffen. Ich mach mich gleich zu ihnen auf den Weg."

Hoffentlich hatte er nicht zu viel versprochen.

Kaum hatte die Königin „Danke, Alubot!" gesagt, schubste Myra ihn schon zur Tür hinaus.

„Beeil dich jetzt und zeig den dummen Wachen, wie man es besser macht. Und kein Tropfen Öl auf diesen Boden!", kommandierte sie und sputete sich, die Tür hinter ihm zu schließen, weil ein paar Stechrüssler die Gelegenheit nutzen wollten, hereinzusurren. Doch Myra hatte aufgepasst und die Tür noch gerade rechtzeitig vor ihren Nasen beziehungsweise ihren Stechrüsseln zugeschlagen.

Myra war überhaupt nicht begeistert, dass Alubot sich so viel mit Ozo Mausjäger abgab, und jetzt wollte er auch noch seine Hilfe in Anspruch nehmen. Dabei konnte doch nichts herauskommen, es würde doch genügen, wenn er Marek um Mithilfe bat.

Wahrscheinlich ist sogar dieser verfressene Ozo an der Plage schuld, überlegte sie, bestimmt hat er den Fluss fast leer geangelt. Es ist bestimmt kaum noch ein Fisch da, der die Eier und Larven der Stechrüssler hätte fressen können, nur deshalb haben wir jetzt den Ärger!

Die einzigen Ratschläge, die sie kritiklos gelten ließ, waren die der Königin und die von Marek Raufell. Bei ihm handelte es sich schließlich um einen in ihren Augen äußerst seriösen Gelehrten, aber mit schmutzigen Schuhen durfte auch er nicht in den Thronsaal hinein.

Alubot hatte Glück, denn er traf gleich beide Freunde bei Ozo zu Hause an. Marek, der Hüter der Sternenkarte, war schon längere Zeit nicht mehr in der Stadt gewesen und staunte deshalb über die großen Schwärme der Stechrüssler und noch mehr über die Vermutung, Malum Nesselkrauts Pflanzen hätten Schuld an dieser Plage.

„Das ist in der Tat kein dummes Geschwätz, Marek", versuchte Alubot ihn davon zu überzeugen. „Horti scheint sich ziemlich sicher zu sein, und die Königin glaubt es auch. Malums Pflanzen könnten wirklich etwas damit zu tun haben, und das feuchtwarme Wetter trägt sicher ebenfalls eine Mitschuld an der Vielzahl der Plagegeister."

Marek sah sorgenvoll drein.

„Dann haben wir hier in der Stadt wirklich ein großes Problem", meinte er. „Stechrüssler sind schon lästig, aber Nesselkrauts Chemie erst macht sie gefährlich. Es wird schwer werden, ihnen überhaupt beizukommen, es sind einfach zu viele. An meinen Arbeitsplatz im Magnetberg haben sich diese Blutsauger bisher nicht gewagt, dort ist es ihnen wohl zu kalt und zu trocken, aber hier bei euch ist wirklich richtiges *Stechrüsselwetter*!"

Alubot konnte Marek nur zustimmen: „Es sind wirklich viel zu viele! Wir müssen uns schnell etwas Wirksames gegen die Stechrüssler einfallen lassen. Zofe Myra hat die Königin sogar mit einem dichten Schleier von Kopf bis Fuß geschützt, damit sie nicht noch mehr zerstochen wird. Ich war zuerst richtig erschrocken, als ich eine total vermummte Gestalt auf dem Thron sitzen sah. Myra würde uns jedenfalls ein Versagen in dieser Angelegenheit besonders übel nehmen, denn sie ist sehr besorgt um die Gesundheit der Königin."

Ozo und Marek blickten sich viel sagend an, auch sie kannten die energische Myra nur zu gut. Jeder hatte im Laufe der Jahre schon ihr Missfallen zu spüren bekommen oder miterlebt, wie sie andere gnadenlos wegen irgendeiner Verfehlung herunterputzte. Verschmutzte einer auch nur ein wenig den Fußboden im Thronsaal, gab es Geschrei, nieste jemand in der Nähe der Königin, erhielt er wochenlang Hausverbot wegen der Ansteckungsgefahr, und nahm er an der königlichen Tafel eine zweite oder dritte Portion, wurde er lange Zeit nicht wieder eingeladen. Kurzum Myra führte ein hartes Regiment, natürlich nur zum Wohle der Königin.

# Ein Plan nimmt Formen an

Der erste Angriffsplan kam von Ozo.

„Wenn ein Schleier sogar unserem Helden Alubot Angst macht, könnten wir ja alle einen tragen. Das würde sogar Spaß machen. Dann sehen wir aus wie Gespenster und erschrecken die ollen Stechrüssel zu Tode. Bu ... huuu, bu ... huuu, bu ... huuuuuu!"

Ozo übte mit Inbrunst seine neue Rolle, riss die Decke von seinem Bett, warf sie sich über den Kopf und sprang wild im Zimmer herum, bis er sich am Schrank gewaltig die Nase stieß.

„Ah, au, au, miiiauuu", jammerte er laut, „daran sind nur die verdammten Rüssler schuld!"

Marek und Alubot hatten kein Mitleid mit ihm, er benahm sich einfach albern. Während Ozo seine schmerzende Nase mal wieder mit Wasser kühlte, machte Alubot einen weiteren Vorschlag.

„Man könnte die Stechrüssler aus Stadt und Umgebung nachts zu einer einzigen großen Lichtquelle locken und einsperren. Sie tanzen doch gern gemeinsam im Licht." Sein Computergehirn CX arbeitete auf Hochtouren.

Alubots Vorschlag gefiel Marek.

„Ausgezeichnet, das ließe sich machen", lobte Marek ihn. „Am besten", schlug er weiter vor, „lassen wir sie in ein von innen hell beleuchtetes Raumschiff surren, so eine Lichtquelle ist weithin sichtbar, und dann werden wir sie irgendwo weit, weit entfernt von Carpion aussetzen."

Obwohl die Nase immer noch ganz gemein schmerzte, wollte Ozo natürlich auch wieder mitmischen, um wie Alubot ein wenig Lob einzuheimsen.

„Dann bringt die kleinen Biester doch direkt zu Malum Nesselkraut! Sollen sie ihm doch unter die Blätter kriechen und ihn stechen, wenn er irgendwie schuld an der Plage ist, und vegetarische Kost scheinen sie ja offenbar auch zu mögen", riet er. „Der Professor hat solche biestige Gesellschaft wirklich verdient."

Kein Carpioner würde je vergessen, wie Malum Nesselkraut im letzten Jahr versucht hatte, sich den Planeten Lanugon durch einen heimtückischen Plan anzueignen.

„Warum eigentlich nicht", zeigte sich Alubot mit dem Plan einverstanden, „soll Malum Nesselkraut sich doch mit den Stechrüsslern herumschlagen, wenn er schuld an ihrem aggressiven Verhalten ist. Irren wir uns und die Insekten haben sich damals gar keinen Saft von seinen Monsterpflanzen geholt, hat er selbst als Pflanze auch nichts zu befürchten."

Alubot sprang auf, nun hatte er es eilig.

„Kommt jetzt und lasst uns die Wächter über Funk fragen, ob wir kurzzeitig ihr Raumschiff für den Transport ausleihen können. Wenn wir Glück haben, sagen sie ja und befinden sich schon auf dem Rückflug von der Erde zu uns."

Um die Sache gleich zu klären, liefen Alubot und Marek hinüber zur kleinen Funkstation in der Nähe des Marktplatzes, wo sie sich von der Funkerin Lynx, die hier nicht nur ihren Arbeitsplatz hatte, sondern auch wohnte, einen Kontakt zur Wächterfähre herstellen ließen.

Ozo, der sonst immer gern ein Schwätzchen mit Lynx hielt, blieb mürrisch zu Hause zurück. Seine Nase schmerzte immer noch, und er fand seinen Vorschlag, die Insekten zu erschrecken, lustiger und viel einfacher durchzuführen als diesen technischen Schnickschnack mit dem Licht.

„Aber natürlich geht's auch umständlich!", murrte er.


Glücklicherweise waren die Planetenwächter nur noch eine Tagesreise entfernt und landeten deshalb schon am nächsten Tag in Carpion.

Leider mussten die von Alubot heiß ersehnten Neuigkeiten von der Erde wegen der Insektenbekämpfung erst einmal warten.

Kommandant Acer, der genau wie Professor Malum Nesselkraut vom Planeten Botanis stammte, war gern bereit für kurze Zeit die Wächterfähre für den Transport der Stechrüssler zur Verfügung zu stellen. Geschickt manövrierte er sie mit seinen Blätterhänden und Wurzelfüßen vom Stadtrand auf den Marktplatz, von dort war sie auch ohne Lichtquelle weithin sichtbar. Dann zeigte er Alubot, wie dieses Raumschiff gesteuert werden musste. Hippus, der Navigator, übernahm es natürlich, ihm den Navigationscomputer zu erklären, während Murro noch eine kurze Einweisung in den Funkverkehr gab. Alubots Computergehirn CX speicherte zum Glück mühelos alle Informationen, denn er musste allein reisen, da kein Wächter zusammen mit einer stechwütigen Insektenwolke an Bord auf die Reise gehen wollte. Die Königin lud alle Wächter zum Dank ein, solange im Schloss als Gäste zu bleiben.

„Auch wir Wächter können einen Urlaub mal ganz gut vertragen", freute sich Acer. „Ihre Einladung nehmen wir gerne an, Majestät."

Alubot verlor keine Zeit. Als es Abend wurde, schaltete er alle Lichtquellen im Raumschiff ein, öffnete die große Einstiegsluke und schloss die Vorbereitungen für den Start ab. Carpion und Schloss lagen nun im Dunkeln. Alle Einwohner hatten die strikte Anweisung erhalten, nicht einmal ein Streichholz anzuzünden, bis sich die Luke hinter den Plagegeistern geschlossen und die Wächterfähre abgehoben hatte. Alubot konnte den Feind zwar wegen der Dunkelheit da draußen nicht herannahen sehen, aber er konnte ihn schon bald hören.

Ein leises, dann jedoch immer stärker werdendes bedrohliches Surren kam vom Fluss herauf. Wäre es hell gewesen, hätte man den gigantischen Stechrüsslerschwarm auch für eine dunkle Gewitterwolke halten können, so aber vermischte er sich mit der Schwärze der Nacht. Der Schwarm wurde von der Lichtquelle unwiderstehlich angelockt und erst im beleuchteten Raumschiff richtig sichtbar, eine solche Riesenmenge hatte Alubot nicht erwartet.

Gierig drangen die Insekten durch die Einstiegsluke bis zu den Lampen und Leuchten im Schiff vor. Dort suchten die tanzenden Stechrüssler natürlich sofort nach Nahrung. Sie umsurrten jeden Gegenstand und krochen in jeden Winkel. Doch hier gab es kein einziges Lebewesen, das sie stechen konnten, hier wartete nur ein Roboter aus Aluminium und Öl auf sie, ungenießbar für die kleinen Blutsauger.

## Alubot muss umdenken

„Hab ich euch, ihr elenden Biester", freute sich Alubot. Eilig schloss er die Luke und ging, von Stechrüsslern umsurrt, zurück ins Cockpit, um das Raumschiff zu starten. Doch kaum hatte er einen Fuß ins Innere gesetzt, erschrak er fürchterlich. Das ganze Armaturenbrett war schwarz, überall hatten sich diese Insekten niedergelassen: auf den Schaltknöpfen, den Messuhren, der Sichtscheibe, an den Wänden – um es kurz zu machen, der ganze Raum sah aus wie schwarz angestrichen. Selbst Alubots Rüstung war von den darauf herumsitzenden Insekten fast ganz dunkel. Warum hatte er diese Gefahr nicht früher erkannt? So war das Raumschiff nicht zu steuern, denn wie sollte er für die verschiedenen Flugmanöver die jeweils richtigen Knöpfe und Schalter finden. Unmöglich.

„Ich muss ruhig bleiben", ermahnte er sich selbst, „und ganz scharf nachdenken. So finde ich nicht mal das Funkgerät, hier bin ich jetzt auf mich allein gestellt."

Minute um Minute verging und in Carpion fing man an sich zu wundern, warum das Schiff immer noch nicht abhob.

Marek und Ozo saßen unterdessen bei Lynx in der interplanetaren Funkstation, wo Alubot sie jederzeit sollte erreichen können.

„Die meisten Stechrüssler müssten doch schon im Schiff sein", nahm Marek an. „Warum wartet Alubot dann noch?"

Er wurde langsam unruhig.

„Vielleicht hat er jetzt begriffen, dass mein Gespensterplan doch der richtige war", meinte Ozo schadenfroh, „und will nun nicht mehr zu Malum Nesselkraut fliegen. Glaub mir, mein Plan ist besser als eurer!"

„So ein Quatsch", brummte Marek und hätte ihm am liebsten ein bisschen saure Milch verabreicht. „Wahrscheinlich gibt es irgendwelche Schwierigkeiten an Bord, aber wir warten lieber ab, bis er sich selbst bei uns meldet. Wir könnten ihn sonst eventuell stören."

Aber diese Ungewissheit machte ihm doch arg zu schaffen.

Lynx versuchte Marek ein wenig zu beruhigen: „Etwas Zeit musst du Alubot noch geben, bestimmt sind immer noch nicht genug Stechrüssler im Schiff. Es wird schon gut gehen!"

Hoffentlich hatte sie Recht.

Alubots Computerhirn rauchte inzwischen fast vom Nachdenken. Eines war ihm absolut klar: Wenigstens aus dem Cockpit mussten die Insekten verschwinden – aber wie? Sie schienen sich eigentlich überall im Raumschiff wohl zu fühlen, aber im Cockpit besonders, wo es von Stechrüsslern nur so wimmelte, und das konnte nicht nur allein an der Beleuchtung liegen oder daran, dass er sich hier im Raum bewegte. Es musste dafür noch einen anderen Grund geben. Was hatte Marek neulich noch über diese Insekten gesagt? Sie lieben es warm und feucht! War es das? Hm, feucht war es hier mit Sicherheit nicht, aber vielleicht wärmer als in den anderen Räumen des Schiffes.

Ich muss den Thermostat finden, und die Temperatur für diesen Raum so weit wie möglich herunterfahren, überlegte Alubot, wenn ich Glück habe, verlassen sie diesen Raum dann freiwillig.

Aber wo war der Thermostat? Er versuchte sich zu erinnern, wo sich der Regler befand. Kommandant Acer hatte ihn ja erst kürzlich in die Bordtechnik eingewiesen. Eigentlich müsste er sich neben dem Thermometer rechts neben der Tür befinden. Bei jeder seiner Bewegungen schoss eine kleine Wolke Stechrüssler auf ihn zu, in der Hoffnung, Nahrung zu finden.

Fast blind durch die aggressiven Insekten tastete Alubot die Wand in Türnähe ab. Ah, jetzt hatte er den richtigen Hebel gefunden. Auf gut Glück stellte er ihn ein, denn die Temperaturskala konnte er noch immer nicht erkennen. Ein leises Rauschen war jetzt zu hören, das wohl von der Klimaanlage kam. So gut es eben möglich war, beobachtete Alubot die Stechrüssler – und tatsächlich, sie schienen träger zu werden. Kurzerhand stellte er den Hebel ganz nach unten, das war dann wohl die kälteste Stufe. Sein Plan schien aufzugehen, da immer mehr Stechrüssler aus dem Cockpit hinausschwirrten und surrend in die anderen wärmeren Räume verschwanden. Jetzt fand Alubot auch endlich einen Besen, um die restlichen durch die Kälte zu träge gewordenen Rüssler von den Armaturen zu fegen.

„Ausfegen kann ich noch gut", stellte Alubot laut und äußerst zufrieden fest, während er die letzten Rüssler mit Schwung aus dem Raum schob. „Wer hätte gedacht, dass die Eisenroboter mir tatsächlich jemals etwas Nützliches beigebracht haben! So, nun kann ich endlich starten!"

Damit nicht doch noch wieder ein paar von den Rüsslern ins Cockpit zurückschwirren konnten, verschloss Alubot die Tür zum Cockpit und setzte sich in den Pilotensessel. Auf ging's zum Mond Karst.

Das Donnern der Antriebsraketen war überall in Carpion zu hören.

„Na endlich!" Marek atmete sichtlich auf.

Alubot hatte das Problem, was immer es auch gewesen sein mochte, allein gelöst.

## Wiedersehen mit Professor Malum Nesselkraut

Die größte Anzahl der Quälgeister aus der Gegend in und um Carpion befand sich nun auf dem Weg zu Professor Malum Nesselkraut, der oft nach oben zum Sternenmeer starrte, als drohe ihm von dort Gefahr. Seine giftgrünen Augen hatten deshalb die herannahende Wächterfähre schnell erspäht, zumal er in dieser Mondeinöde auch nicht viel tun konnte, außer das Wenige um ihn herum immer wieder gelangweilt anzustarren. Jagen, Fischen und Beeren sammeln brauchte er nicht. Als Botaner benötigte er nur nährstoffhaltiges Trinkwasser und Sonnenlicht. Das Wasser auf Karst war bei weitem nicht so gut wie auf Botanis, doch zum Überleben reichte es völlig. Problematischer waren da die kurzen Sonnenstunden, die Malum Nesselkraut schon mehr zu schaffen machten. Er brauchte die Wärme und das Licht, um sich wohl zu fühlen. Das sonst kräftige Grün seines Körpers zeigte allmählich schon eine gelbliche Schattierung.

Seine Wut bestand noch immer. Als die Planetenwächter damals gekommen waren, um ihn zu verhaften, hatte er nicht kampflos aufgeben wollen und gleich eine Hand voll seiner Gigantus-Pillen geschluckt, von denen bereits eine das Wachstum einer Pflanze gewaltig beschleunigen konnte. Seitdem saß er als Riese auf dem Mond Karst fest und dachte nur noch daran, wie er den Planetenwächtern und den Carpionern schaden und sich rächen konnte. Doch zuerst einmal müsste er wieder auf seine normale Größe schrumpfen, um wieder ein Raumschiff betreten zu können.

„Wollt ihr etwa herumspionieren? Dann kommt nur näher, ich heize euch gern ein wenig ein!", kreischte er zornig der Fähre entgegen.

Eilig riss er einen knorrigen Baum aus dem kargen Sandboden heraus und setzte ihn an seinem Lagerfeuer in Brand. Drohend hielt er nun seine hell lodernde Baumfackel in Richtung der auf ihn zufliegenden Wächterfähre. Plötzlich jedoch verloschen sämtliche Lichter des Raumschiffs und die Ladeluke öffnete sich.

Malum Nesselkraut war irritiert. Was hatte das jetzt zu bedeuten?

Bevor er begriff, schoss die riesige Stechrüsslerwolke heraus und flog direkt auf ihn und das wärmende Feuer zu. Eingehüllt von ausgehungerten Stechrüsslern schlug er, laut vor Wut kreischend, wild mit dem brennenden Baum um sich.

„Wartet nur, ich erwisch euch noch! Dann ist es aus mit euch!"

Seine Drohung zeigte bei niemandem Erfolg, denn die Insekten plagten ihn unvermindert weiter, und Alubot konnte Malum Nesselkrauts Geschrei in seinem Cockpit sowieso nicht hören.

Alubots Auftrag war beendet. Eiligst flog er zum Planeten Lanugon zurück. Jetzt wollte er sich endlich die Neuigkeiten von der Erde anhören.

## Pits Hoffnung

Was hatte sich eigentlich inzwischen zu Hause bei Pit auf der Erde ereignet?

Eines Morgens fand Pit die Fensterbank endlich leer vor, überzeugt davon, dass der unbekannte Bote den Brief abgeholt hatte. Seine Familie dachte anders darüber. Die heftigen Herbststürme wehten ja nicht nur Blätter davon, während Pits Fenster nachts meist einen Spaltbreit offen stand. Trotzdem widersprach keiner. Da sich aber alle Gespräche mit Pit nur noch um seinen Roboter und den bewussten Brief drehten, beschloss seine Mutter, ihn endlich einmal auf andere Gedanken zu bringen.

„Pit, du solltest bald anfangen, einen Wunschzettel für Weihnachten zu schreiben. Ich helfe dir auch gern dabei", lockte sie.

Pit saß auch sofort mit Zettel und Bleistift am Küchentisch.

„Zuerst schreibe ich meinen Robbi auf die Liste, der Weihnachtsmann kann ihn sicher heimbringen. Mit ihm kann Robbi bestimmt am schnellsten reisen."

Der Versuch, Pit abzulenken, war fehlgeschlagen.

Dann müssen wir eben einen neuen baugleichen Roboter im Kaufhaus besorgen, dachte Pits Mutter und hoffte inständig, dass Pit die kleine List nicht bemerken würde.

## Pits Brief an Robbi und Ozos Traum

Doch zurück zum Planeten Lanugon, wo die Carpioner inzwischen wieder ihrem normalen Alltag nachgingen. Die große Stechrüsslerplage war gebannt und die wenigen Insekten, die den Weg ins beleuchtete Raumschiff nicht gefunden hatten, störten die Carpioner nicht weiter. Ein paar von ihnen gab es schließlich in jedem Jahr, einige wurden sicher auch noch von anderen Tieren gefressen, und vielleicht war die nächste Generation, so hoffte man, auch nicht mehr ganz so stechwütig. Jedenfalls kehrte ganz allmählich der Alltag wieder ein, und die Stechrüsslerplage war *saure Milch* von gestern.

Äußerst zufrieden über die erfolgreiche Mission, saßen Kommandant Acer, Marek, Ozo und Alubot im Schloss zusammen und feierten ein wenig. Dabei erzählte Acer nun endlich von der Erkundungsfahrt zur Erde.

„Ich kann euch sagen, dieser Flug zur Erde war kein Kinderspiel! Einige Male mussten wir Meteoritenbrocken ausweichen, dann fiel auch noch der Navigationscomputer aus, sodass wir vom Kurs abkamen. Hätte Hippus die Störung nicht noch beheben können, wir wären wohl verloren gewesen. Aber wir hatten wirklich Glück und kehrten bald auf den richtigen Kurs zurück.

Kurz vor dem Eintritt in die Erdumlaufbahn gab Hippus dann die Weltkoordinaten und die Daten vom Planquadrat 73 in den Navigationscomputer ein, damit wir zielgenau fliegen konnten. In der Nacht landeten wir zwischen Wohnblöcken und einem Park, von wo aus wir die Suche nach dem besonderen Baum, unter dem die Eisenmänner dich gefunden haben wollen, starteten. Fast jeden größeren Baum im Park nahmen wir mit einem Suchscheinwerfer unter die Lupe, geradezu unglaublich, wie groß die Pflanzen auf der Erde werden können. Endlich dann, wir wollten schon aufgeben, weil es hell wurde, sahen wir an einem Baumstamm eine Zeichnung von Alubot. Den Text unter dem Bild hat Murro entschlüsselt. Da stand:

Achtung:
Roboter verloren!
Bitte abgeben bei Pit
Strandstraße 11, vierter Stock
Belohnung garantiert!

Dieser Pit scheint dich wohl unbedingt wiederhaben zu wollen, Alubot!

Nun ja, wir haben das passende Straßenschild gesucht und dann das Haus mit der Nummer 11, es ließ sich ohne große Schwierigkeiten finden. Zuerst wollten wir das Bild in den Briefkasten stecken, aber die Kästen sind wohl im Flur des Hauses und die Haustür war abgeschlossen. Deshalb flogen wir dicht an der Fassade des Hauses bis zum vierten Stock hoch und hielten Ausschau nach einem offenen Fenster. Und siehe da, eines stand tatsächlich einen Spaltbreit offen. Aber war es auch das Fenster von diesem *Pit*? Plötzlich hörten wir ein Rasseln und eine Menschenstimme rufen:

,Pit aufstehen, du musst zur Schule!'

,Hier sind wir richtig', sagte Murro erfreut, ,hier heißt jemand Pit!'

In Windeseile öffneten wir die Einstiegsluke. Murro kletterte sofort mit dem Bild von Graffiti auf die äußere Fensterbank und schob das Bild geschickt durch den Fensterspalt nach innen. Er lugte noch schnell ins Zimmer hinein, konnte aber wegen der Dunkelheit da drin nichts von Pit erkennen und stieg lieber wieder in unsere Fähre zurück.

Wir sind gleich abgeflogen, da es – wie gesagt – schon langsam hell wurde und wir ja schließlich auch unentdeckt bleiben mussten. Außerdem hatten wir Befehl, weiter zum Planeten Plumbum zu fliegen. Aber auf dem Rückweg haben wir noch einmal auf der Erde vorbeigeschaut und diesen Brief auf Pits Fensterbank gefunden. Er ist für dich, Alubot!"

Acer drückte ihm einen wahrhaft riesigen Umschlag in die Hand, der wirklich nur für Alubot bestimmt sein konnte. Sein prächtiges Abbild zierte die Vorderseite. Alubot öffnete vorsichtig den Brief und zog Pits Foto heraus. Alle vier betrachten es neugierig.

„Erdenbewohner sehen gefährlich aus", bemerkte Ozo ablehnend, „aber malen können sie viel besser als Graffiti."

Er hatte die Spöttelei des ortsansässigen Künstlers über seine Alubot-Bilder noch nicht verwunden. Tagelang hatte er sich anhören müssen:

„Sahne schlecken fällt dir wohl leichter als das Malen, Ozo!" oder „Du solltest den Malstift nicht mit deiner Angel verwechseln!" Nur zwei von vielen ähnlichen Sprüchen.

Nun konnte er endlich wieder einmal über Graffitis Künste meckern, doch Marek wusste es zu Ozos Ärger wieder einmal besser.

„Nein, Ozo, das Bild ist nicht gemalt, das ist eine andere Technik, die Menschen nennen es Fotografieren, glaube ich. Die Botaner und Murrtaner verfügen auch über diese Technik, wir hier leider nicht."

Ozo blieb dabei: „Dann ist eben diese Technik besser als Graffitis Schmiererei."

Alubot betrachtete inzwischen den „gefährlichen" Menschen auf dem Foto. Er hatte zwar keine Erinnerungen an seine Zeit auf der Erde, trotzdem war er sich sicher: „Dieser Mensch ist ein Freund. Hätte er sonst auf meine Bildnachricht geantwortet?"

Leider verstand keiner von ihnen die fremden Schriftzeichen hinten auf dem Foto, selbst Acer nicht. Auch das bunte aufgeklebte Bild mit dem gezackten Rand auf dem Umschlag gab ihnen Rätsel auf.

„Wer das wohl ist?", überlegte Alubot. „Vielleicht ein Verwandter von Pit?"

Ozo beäugte den Verwandten argwöhnisch.

„Hässlich", fand er, „der Mensch sieht ja zum Fürchten aus. Mit dem möchte ich nicht verwandt sein."

Weil sie allein mit dem Brief nicht zurechtkamen, versprach Acer, den sprachkundigen Wächter Murro am nächsten Tag zu ihnen zu schicken. Diesmal sollte das Treffen allerdings in Ozos Wohnpyramide am Stadtrand stattfinden, denn Zofe Myra war ab und zu argwöhnisch zu ihnen ins Zimmer gekommen und hatte den Fußboden auf Schmutzspuren untersucht. Allen war dabei richtig unbehaglich zumute gewesen, sogar dem sturmerprobten Kommandanten Acer.

Am nächsten Tag klopfte Murro an Ozos Tür. Die drei Freunde warteten schon ungeduldig auf ihn, und da Murro vom Planeten Murrtan stammte, deren Bewohner mit den Carpionern verwandt waren, wurde ihm auch gleich ein Gläschen Begrüßungssahne angeboten. Alubot zeigte ihm das Bild mit dem wichtigen Text.

„Kannst du das übersetzen, Murro?", fragte er gespannt. Es konnte doch sein, dass dieser Mensch auf dem Foto seinen Roboter sehr vermisste. Dann sollten die Planetenwächter ihn unbedingt auf ihrer nächsten Fahrt zur Erde mitnehmen. Ozo wollte natürlich auch mit, denn er hielt Alubot für viel zu leichtgläubig und den Menschen gegenüber für nicht misstrauisch genug. Er brauchte jemanden wie ihn, der die Gefahr nicht verkannte. Vielleicht wollten sie Alubot einfangen und hart arbeiten lassen, wie es damals die bösen Eisenroboter getan hatten. Ozos Nackenfell sträubte sich, die Erinnerung an diese Feinde war widerwärtig. Gerechterweise hatten sie ja ihre Strafe bekommen. Nun hieß es, Alubot vor Pit und seinem rotnasigen Verwandten zu schützen.

„Ich bin der beste Reisebegleiter, den es gibt", lobte Ozo sich selbst. „Ich bin schlau, kampferfahren und lasse mich nicht so leicht täuschen!"

Marek konnte Ozos Prahlereien über seine eigenen Talente nicht ertragen.

„Fahr mit zur Erde, du Superkater, aber miaue dein Können weniger laut heraus. Es könnte sein, dass dir jemand widerspricht."

Böse Blicke schossen zwischen Ozo und Marek hin und her.

Alubot bemühte sich den Streit zu schlichten: „Ob Superkater oder nicht, Ozo kann mich gern begleiten. Der Flug dauert lang, und Ozo erzählt gern spannende Geschichten. Dann vergeht die Zeit etwas schneller."

Marek erntete daraufhin einen triumphierenden Blick von Ozo.

„Und gute Geschichten erzähle ich auch noch, dass habe ich vorhin ganz vergessen", miaute er provozierend und setzte sich in Siegerpose auf sein rotes Sofa. Marek schluckte seinen Ärger hinunter, er würde ein anderes Mal ein Wörtchen mit Ozo reden. Murro war schließlich hier und sollte den Text übersetzen.

„Dann lasst uns endlich anfangen", fauchte er genervt, „bevor diesem tollen Reisebegleiter noch mehr Talente einfallen!"

Ozo tat, als hätte er nichts gehört. Ihn beschäftigten andere Dinge.

Er hoffte, auf dieser Reise auch endlich einmal die Gelegenheit zu bekommen, ein Raumschiff zu steuern. So schwer konnte das ja wohl nicht sein. Alubot hatte es schließlich auch innerhalb kürzester Zeit erlernt. *Rauf* und *runter*, *hin* und *her*, das musste einfach und lustig sein. Trotzdem konnte ein kleiner, aber heimlicher Übungsflug vorher nicht schaden. Zuschauer wussten ja bekanntlich immer alles besser und störten auch nur. Während sich die anderen drei mit Pits Brief abmühten, gähnte Ozo laut und streckte sich auf seinem roten Sofa aus. Schon bald glitt er ins Land der Träume hinüber. Realität und Fantasie vermischten sich. Ozo wollte fliegen und bekam die Gelegenheit dazu ...

*Ein kleines Versorgungsraumschiff war auf dem Marktplatz gelandet, dessen Besatzung Ozo zum Schloss hinaufgehen sah. Sie wollte wohl die Königin aufsuchen, um mit ihr die nächsten Warenlieferungen auszuhandeln. Munter schlüpfte Ozo* in das verlassene Raumschiff, wo ihn ein Gewirr aus bunten Schalthebeln und leuchtenden Knöpfen erwartete.

Vor zwei bequemen Sitzen waren merkwürdige Uhren und Griffe in unterschiedlichen Formen und Längen angebracht. War das aufregend!

Ozo musste sich schnell entscheiden, welchen Knopf oder Hebel er zuerst betätigen wollte. Der Flug sollte auch nicht so lange dauern, er wollte ja keinen Ärger, sondern nur ein bisschen üben. Er entschied sich für den großen roten Knopf in der Mitte des Armaturenbretts. Rot war seine Lieblingsfarbe.

Kaum hatte Ozo den Knopf berührt, war ein donnerndes Getöse zu hören. Das ganze Raumschiff vibrierte. Vor Schreck machte er einen großen Satz zurück und stieß gegen einen langen Hebel. Ein Pfeifen, ein Ruck – und das Raumschiff hob ab. Ein Blick zum Fenster hinaus zeigte ihm, dass er sich immer weiter vom Planeten Lanugon entfernte.

„Halt", miaute Ozo, „halt an, du Floh verseuchte Kiste!"

Hektisch riss er an einem anderen Hebel herum, doch das Schiff raste weiter. Mit schlotternden weichen Knien schleppte er sich zu einem der beiden Sitze und hieb wahllos auf die anderen Knöpfe des Armaturenbrettes ein. Doch nichts tat sich!

Der rote Knopf, schoss es Ozo durch den Kopf, ich muss noch einmal den roten Knopf drücken, dann hält sie endlich an. Nichts hätte verhängnisvoller sein können als das Berühren dieses Knopfes. Das Raumschiff jagte jetzt mit dreifacher Geschwindigkeit durch die Galaxie. Verzweifelt starrte Ozo durch die Frontscheibe auf ein unbekanntes glitzerndes Sternenmeer. Schlimmer konnte es wohl nicht mehr kommen, oder?

Was war das? Ozos sonst schmale Katzenaugen wurden vor Staunen kugelrund. Das war ja ungeheuerlich. Ozo gefror das Blut in den Adern, seine Nackenhaare sträubten sich. Ein Riesenstechrüssler sauste auf das Schiff zu.

„Ich will Blut! Ich will dein Blut!", surrte er drohend, während seine Facettenaugen böse funkelten. Jetzt fiel eine kreischende Stimme in das ohrenbetäubende Surren ein:

„Greiiift aaan! Trinkt das Bluuut der Carpioooner!"

Fast ungläubig erblickte Ozo einen Botaner im weißen Laborkittel, der rittlings auf dem gigantischen Stechrüssler saß. Das musste Malum Nesselkraut sein. Im Nu waren weitere Stechrüssler aufgetaucht, ihr Surren und das Kreischen des verrückten Professors wurden immer lauter. Die Spitzen ihrer Stechrüssel richteten sie wie Speere

*genau auf die Frontscheibe des Raumschiffes, gleich würde das Glas zersplittern ...!*
*Er war verloren ...!*


„Miau, miau, geht weg! Mein Blut bekommt ihr nicht!" Ozo wälzte sich auf seinem Sofa hin und her. „Nicht mein Blut!"

„He, aufwachen, Faulpelz! Du scheinst schlecht zu träumen." Alubot rüttelte Ozo wach.

„Hiiilfe! Malums Stechrüssler kommen! Miii...auuu! Hiiilfe!"

Marek und Murro starrten entgeistert auf Ozo, der sich wie ein Krake an Alubot festklammerte und auch in wachem Zustand weiter von Blut, Malum Nesselkraut und Stechrüsslern fantasierte. Und selbst nach einem Gläschen köstlicher Sahne konnte Ozo seinen bösen Traum immer noch nicht ganz abschütteln. Mareks Beteuerung, dass es vom Physikalischen her nicht möglich sei, dass Rieseninsekten durch das Weltall fliegen, überzeugte Ozo nicht.

„Malum Nesselkraut könnte immer noch einen Trick finden, um sogar das Unmögliche möglich zu machen", miaute Ozo stur. „Und wir waren auch noch so dumm und haben ihm diese gefährlichen Dinger selbst vorbeigebracht. Hätten wir sie erschreckt, so wie ich es anfangs wollte, hätten wir diese Sorge jetzt nicht. Das Unglück surrt bestimmt bald über uns herein."

Marek schien nun wirklich verärgert zu sein, immer stellte Ozo sich quer. Schon allein, dass Ozo bei Murros Bemühungen, den Text zu übersetzen, gelangweilt eingeschlafen war, erboste ihn.

„Du hast bestimmt wieder zu viele Fische in deinen Magen gestopft. Kein Wunder, dass du jetzt von Albträumen und wirren Hirngespinsten geplagt wirst!", schimpfte Marek, was Ozo wieder einmal beleidigt dreinschauen ließ.


Während Ozos Ruhepause hatte Murro es tatsächlich geschafft, den Text hinten auf dem Foto zu übersetzen.

„Dieser Pit nennt dich zwar Robbi und nicht Alubot, aber er wartet wirklich auf deine Rückkehr", erklärte er Alubot. „Und er will wissen, wo du steckst. Er nennt irgendwelche mir leider unbekannten Länder. Das Bild von dir findet er übrigens prima."

Dank Murro wusste Alubot jetzt sogar, dass man das bunte Klebebild *Briefmarke* nannte.

„Dein Pit hat mit der Marke den Boten für die Briefzustellung bezahlen wollen", erklärte Murro.

Ozo rümpfte die Nase: „So eine unsinnige Bezahlung würde ich nicht annehmen", miaute er unfreundlich. „Zum Feuer anzünden ist sie zu klein und essen kann man sie auch nicht!"

Um weiteren Streit mit Ozo zu vermeiden, beschlossen seine Gäste nun lieber heimzugehen. Ehe Alubot nun fröhlich mit seinem Brief zum Schloss hinauflief, hatte er die Marke abgerissen und Murro gegeben – er war schließlich der Bote.

Murro freute sich wirklich. „Prima, das bunte Ding hefte ich über das Funkgerät in der Fähre, ein wenig Farbe ist genau das, was dort gefehlt hat."

## Alubots Rückkehr zur Erde

Einige Wochen später nahmen die Planetenwächter Alubot mit zur Erde, weil sie sowieso an ihr vorbeifliegen mussten, um zum Planeten Plumbum zu gelangen, der sich in einem in dieser Richtung liegenden Sonnensystem befand. Sie wollten zwei Wächter zurückzuholen, die dort der Bevölkerung beim Einrichten einer neuen interplanetaren Funkstation geholfen hatten.

Alubot wollte – erst nachdem er Pit kennen gelernt hatte – entscheiden, ob er bei ihm bleiben oder lieber bei den Carpionern auf Lanugon leben wollte. Ozo flog nicht mit, da sein Albtraum ihm immer noch im Kopf herumspukte. Schlecht gelaunt trieb er sich am Abreisetag am Fluss herum.

„Diese Reise ist völlig überflüssig und gefährlich. Man sehe sich doch bloß das Foto einmal genauer an. Der Mensch darauf hat runde blaue Augen und eine große Zahnlücke. Bestimmt rauft er gern. Zum Glück sind wir Carpioner ein friedliches Volk. Wir haben ein seidiges Fell, schöne schräg gestellte grüne Augen und noch alle Zähne", miaute Ozo äußerst selbstgefällig vor sich hin, bevor er mit Schwung seine Angel auswarf. Ein kleiner Fisch würde ihm heute genügen. Seit seinem Albtraum aß er lieber etwas weniger.

Um nicht, wie eigentlich versprochen, mit auf die weite Reise zur Erde gehen zu müssen, hatte Ozo Alubot wichtige Gründe für sein Daheimbleiben aufgezählt. Hier in Carpion gab es einfach zu viele Dinge, um die er sich kümmern musste: *Seine Wohnpyramide brauchte unbedingt einen neuen Farbanstrich. Die Angel musste noch heute repariert und der Luftraum über Carpion ständig observiert werden. Schließlich könnten wider Erwarten die rostigen Eisenroboter erneut auftauchen oder – noch schlimmer – Professor Malum Nesselkraut mit einem Schwarm von gigantischen Stechrüsslern.*

*„Ich werde hier wirklich dringend gebraucht!", hatte Ozo mit Nachdruck behauptet. Das musste doch jeder begreifen.*

*Alubot war seinem Freund wegen dieser Ausreden nicht böse gewesen, da er wusste, dass sich Ozo zu Hause auf Lanugon eben wohler fühlte.*

Auf der Erde zeigte der Kalender den 27. Dezember an. Die Lichter in den Häusern der Großstadt, in der Pit lebte, waren erloschen. Nur im Freien leuchteten die Straßenlaternen, Leuchtreklamen und auch noch vereinzelt Lichterketten an Tannenbäumen. Gerade in dieser Zeit würde einem Betrachter des nächtlichen Sternenhimmels ein weiteres Licht kaum auffallen.

Kleine weit gereiste Gestalten, die geradewegs vom Planeten Lanugon kamen, schoben ein Fenster im vierten Stock eines Mietshauses noch ein Stückchen weiter auf und schlüpften hinein. Allen voran schlich Alubot durch das Zimmer. Ein freudiger Schreck durchfuhr ihn, als doch sein Ebenbild direkt vor ihm auf dem Teppich stand.

„Hallo, kennen wir uns", flüsterte er ihm zu, „weißt du, wer ich bin?"

Alubot erhielt keine Antwort. Nach kurzem Zögern stupste er ihn vorsichtig an, doch dieser Roboter rührte sich nicht.

„Dein Doppelgänger ist bestimmt nur ein Spielzeug für Menschenkinder, früher musst du wohl auch so eines gewesen sein", vermuteten die weit gereisten Planetenwächter. „Die Eisenroboter müssen dich mit einem Computergehirn ausgerüstet haben, weil du ihnen beim Raub der Sternenkarte helfen solltest. Wahrscheinlich haben Pits Eltern ihm jetzt diesen hier geschenkt, damit er seinen verlorenen Roboter nicht mehr so vermisst."

Nachdem sie auf einen Knopf am Körper des Spielzeugroboters gedrückt hatten, leuchteten sofort dessen Augen auf und eine blecherne Stimme schnarrte: „Hallo, ich bin Robbi, hallo, ich bin Robbi ...!"

Jetzt setzte er sich in Bewegung und stakste steif im Kreis herum. Wenig später erlosch das Licht in seinen Augen wieder und er stand still und steif wie vorher auf seinem Platz. Alubot war froh, dass er doch eine ganze Menge mehr konnte, und das verdankte er ausgerechnet den bösen, aber technisch begabten Eisenrobotern.

Doch nun wollte Alubot endlich Pit sehen. Aufgeregt schlich er zum Bett hinüber und kletterte mithilfe der Planetenwächter auf die Bettkante. Dieser Mensch war also Pit. Er sah genauso aus wie auf dem Foto und bestimmt nicht gefährlich, Ozo hatte sich geirrt. Pit lächelte sogar friedlich im Schlaf. Aber bei seinem Erdenfreund bleiben wollte Alubot nun doch nicht mehr. Sein Doppelgänger hatte ihn hier ersetzt und würde Pit Gesellschaft leisten. Er selbst wollte zu Marek und Ozo nach Lanugon zurückfliegen, außerdem wartete vielleicht auch Königin Sylva auf ihn.

Aber er gab dem schlafenden Pit ein Versprechen: „Irgendwann komme ich wieder, und dann erzähle ich dir von meinen Abenteuern."

Dann waren Alubot und die Wächter wieder an Bord gegangen, um zunächst weiter zum Planeten Plumbum zu fliegen, wo sie zwei ihrer Leute abholten, ehe Alubot nach Lanugon zurückkehrte und die Wächter weiter nach Botanis flogen. Zuvor ließ er jedoch noch ein Geschenk für Pit zurück – einen besonders schön geformten Stein nämlich aus dem Magnetberg vom Planeten Lanugon. Vorsichtig hatte er ihn neben Pits Hausschuhe gelegt, wo er ihn bestimmt am Morgen finden und sich hoffentlich darüber freuen würde, so einen interessanten Stein zu besitzen.

Der siebenjährige Pit gähnte laut und rieb sich die Augen, als er am nächsten Morgen todmüde aufwachte. Wirre Träume von seinem Spielzeugroboter hatten ihn unruhig schlafen lassen.

*„Hallo, ich bin Robbi, hallo, ich bin Robbi, hallo, ...!"*

Immer wieder war sein Roboter im Kreis herummarschiert und hatte mit blecherner Stimme diesen Satz geschnarrt, darunter hatten sich vertraute Miaulaute und merkwürdige fremdartige Stimmen gemischt.

„Das hartnäckige Miauen habe ich sicher nicht geträumt", grollte Pit und blickte sich ärgerlich nach Rüpel um. Rüpel war ein grauweiß getigerter Kater, äußerst verspielt und eigensinnig. Pits Mutter schien die Einzige in der Familie zu sein, der der Kater etwas Respekt zollte, aber wahrscheinlich auch nur deshalb, weil er von ihr oft zusätzliche Leckereien bekam. Rüpel trieb sich bestimmt schon längere Zeit hier im Zimmer herum. Hatte er vielleicht auch den Roboter eingeschaltet, er war ja nur zu gern mit den Pfoten überall dabei? Zuzutrauen war es ihm allemal.

Ein lautes *Miiiauuu* ertönte direkt vor seinem Bett, das regelrecht wie ein Befehl zum Aufstehen klang.

„Hau ab, Rüpel! Musst du denn solchen Krach machen?", protestierte Pit und hielt sich die Ohren zu.

Doch Rüpel hörte nicht und begann auch noch mit irgendetwas Hartem auf den Holzdielen zu spielen. Polternde Geräusche begleiteten das Miauen. Es blieb Pit nichts anderes übrig, als endlich das warme Bett zu verlassen. Er lief auf Rüpel zu, um ihm sein Spielzeug wegzunehmen, doch der ließ sich weder fangen noch um seine Beute bringen. Dieser Kater war gerissen, und was er erst einmal hatte, hielt er fest in den Krallen.

Es war Zeit, die Taktik zu ändern.

Listig griff Pit nach einer Spielzeugmaus und schwenkte sie verführerisch vor Rüpels Nase hin und her. Wie hypnotisiert starrte das Tier jetzt die Maus an, im Nu war das andere Spielzeug vergessen. Ein Krallenhieb – und die Maus gehörte ihm. Mit seiner Beute im Maul zog sich der Kater eilig auf das Fensterbrett in die Küche zurück. Nun konnte Pit den heiß umkämpften Gegenstand in Ruhe betrachten.

Es handelte sich um einen dunkelgrauen, fast schwarzen Stein, etwa halb so groß wie ein Hühnerei.

„Wo kommt der denn her?", wunderte sich Pit und nahm ihn mit an den Frühstückstisch, um ihn seinen Eltern und seiner Schwester Anne zu zeigen.

„So ein Gestein habe ich noch nicht gesehen", sagte Pits Vater, „aber schaut doch mal, der Stein zieht den Kaffeelöffel an. Das ist ja ein richtiger Magnet!"

Tatsächlich musste Pit kräftig ziehen, um den Stein und den Löffel wieder zu trennen. Auf die Frage, woher er den Stein denn habe, konnte Pit nur antworten: „Rüpel hat heute Morgen in meinem Zimmer damit gespielt."

Alle Augenpaare richteten sich auf den grau getigerten Kater, der zufrieden mit der Spielzeugmaus im Maul auf der Fensterbank saß und den Stein keines Blickes mehr würdigte.

„Bestimmt hat Rüpel den Stein draußen beim Herumstreunen gefunden und mit in die Wohnung geschleppt", meinte Pits Vater.

„Jedenfalls besser als eine Maus", fanden seine Mutter und Anne, die beide mit Grausen daran dachten, dass ihnen hier wegen Rüpel auch eine Maus über die Füße hätte laufen können.

„Den Stein muss doch jemand verloren haben", glaubte Pit, „so einen tollen Stein habe ich draußen noch nie gefunden. Kann ich den dann trotzdem behalten?"

Pits Vater nickte. „Behalt ihn erst einmal, er ist ja nicht viel wert, und falls du von jemandem hörst, der so einen Stein verloren hat, gibst du ihn zurück."

„Klar, mach ich, Papa, Ehrensache! Ich habe meinen verlorenen Robbi ja auch zurückbekommen – und zwar vom Weihnachtsmann persönlich!"

Pits Eltern schauten etwas verlegen drein, hoffentlich merkte Pit nicht doch noch, dass sie zu Weihnachten extra einen neuen Roboter als Ersatz für den alten gekauft hatten.

Schon am Nachmittag zeigte Pit den Stein in der Nachbarschaft herum, doch keiner hatte ihn verloren oder interessierte sich überhaupt richtig dafür.

„Ach, der Stein ist magnetisch?", fragten die meisten ob Alt oder Jung gelangweilt. „Und was willst du jetzt damit?"

Ein Junge aus der Nachbarschaft meinte sogar: „Der lässt sich bestimmt gut schmeißen, versuch doch mal, ob du damit da hinten die Straßenlaterne triffst!"

Kein Wunder, dass Pit es bald satt hatte, den Stein herumzuzeigen, und fortan blieb der Stein auf seinem Schreibtisch liegen, um Heftzwecke, zwei ausländische Münzen und ein paar Büroklammern zu halten.

Hätte Pit oder irgendjemand sonst auch nur geahnt, dass dieser Stein nicht von der Erde stammte, sondern von einem anderen weit entfernten Planeten in der Milchstraße, wäre die Gleichgültigkeit wohl in helle Begeisterung und Aufregung umgeschlagen. Ein Stein von einem geheimnisvollen Planeten hätte ganze Forscherteams angezogen, und die Wissenschaft hätte Kopf gestanden, denn wie konnte dieser Stein einfach so in der Strandstraße auftauchen. Das ging doch nicht mit rechten Dingen zu.

Doch das Rätsel hätte nur Robbi lösen können, Pits erster Spielzeugroboter Robbi nämlich, der vor ein paar Monaten von bösen außerirdischen Eisenrobotern entführt, umgebaut und dann den neuen Namen Alubot erhalten hatte.

# Eine Krone für die Königin

## 5. Abenteuer

Auf der Heimreise dachte Alubot hin und wieder an den Erdenbesuch zurück. Ob der Stein aus dem Magnetberg Pit wohl gefallen hatte? Auf jeden Fall gehörte er irgendwie zu seinem ersten Abenteuer mit den bösen Eisenrobotern dazu.

Vielleicht kann ich Pit doch noch einmal davon erzählen, hoffte Alubot und nahm sich vor, Murro, den sprachkundigen Funker der Wächter, zu bitten, ihm noch unbedingt diese Menschensprache beizubringen. Carpionisch, eine Sprache aus Miau- und Fauchlauten, und Botanisch, das geraschelt und gesäuselt wurde, verstand Pit bestimmt nicht, geschweige denn die komplizierte Sprache der Eisenroboter.

Am liebsten hätte Alubot noch gleich während des Fluges mit Sprachübungen angefangen, doch dafür hatte Murro leider keine Zeit, der mit seinen Aufgaben an Bord schon genug zu tun hatte.

„Dann lerne ich die Sprache eben etwas später", tröstete sich Alubot, „jetzt will ich ja sowieso erst einmal wieder zu Ozo und Marek zurück."

Ozo Mausjäger, der angeblich beste Angler Carpions, Marek Raufell, der Hüter der Sternenkarte, und Alubot waren bei den vergangenen Abenteuern beste Freunde geworden. Alubot schaute durch das große Sichtfenster im Cockpit der Wächterfähre in Richtung Lanugon.

In Carpion, der wichtigsten, wenn auch nicht sonderlich großen Stadt auf dem Planeten, wusste inzwischen jeder, dass Alubot zu ihnen zurückkehrte. Murro hatte es nämlich an die interplanetare Funkstation in Carpion durchgegeben, und Lynx wiederum, die Funkerin dort, hatte diese sensationelle Nachricht sofort weitererzählt. Darüber herrschte überall in Carpion helle Aufregung, nur Ozo gab sich kein bisschen überrascht.

„Ich hab Alubot ja von Anfang an gesagt, dass die Erdenbewohner gefährlich sind und er lieber hier bei uns bleiben soll", erzählte Ozo jedem, der es hören wollte, und noch ein paar anderen mehr. „Jetzt hat er es wohl endlich begriffen, dass ich Recht hatte!"

In Mareks Augen passte Ozos selbstsicheres Gerede nicht zu seinen vor Kummer herunterhängenden Schnurrhaaren, als Alubot noch unterwegs zur Erde war.

„Warum hast du dir dann überhaupt Sorgen gemacht, dass Alubot nicht zurückkommt?“, wollte er von Ozo wissen.

„Was, ich soll mir Sorgen gemacht haben?“, tat Ozo völlig erstaunt. „Ich hab mich nur tödlich gelangweilt, dass hast du total missverstanden.“

## Alubots Rückkehr nach Carpion

In Carpion erwartete man in Kürze das Eintreffen der Wächterfähre, Murro hatte die bevorstehende Landung bereits angekündigt. Selbst Sylva, die Königin Carpions, zog zur Begrüßung mit ihrem Gefolge quer durch die Stadt zum Raumfährenlandeplatz hinüber, der eigentlich nur eine große Weidefläche am Stadtrand war, die sowieso nicht mehr viel Gras hergab. Man hatte einfach ein Schild mit der Aufschrift *Landeplatz* davor in den Boden gerammt, weil den in letzter Zeit doch häufigen Besuchern des Planeten Lanugon ja auch schon aus Höflichkeit Platz zum Starten und Landen ihrer Raumfähren angeboten werden musste.

Viele Einwohner schlossen sich dem Gefolge der Königin an. Auch Ozo und sein kleiner Neffe Modo waren dorthin unterwegs, die für Alubot zur Begrüßung ein gefülltes Ölkännchen mitbrachten. Modo war gern mit seinem Onkel zusammen, da er immer so tolle Geschichten erzählten konnte und sogar schon einmal in der Wächterfähre mitgeflogen war; das imponierte Modo am meisten.

„Freut sich Alubot wirklich über das Öl, Onkel Ozo“, fragte Modo mit skeptischem Blick auf die Kanne, die Ozo vorsichtig neben sich abgestellt hatte, um ja nichts vom Inhalt zu verschütten. „Will er nicht vielleicht doch lieber Sahne haben?“

Ozo hatte wenig Lust auf Unterhaltung, insgeheim war er nämlich immer noch ein wenig besorgt, Alubot könnte sich in letzter Sekunde doch noch anders entscheiden und sich gleich wieder zur Erde zurückbringen lassen. Deshalb antwortete er knapp: „Ein Roboter will nur Öl!“

„Wirklich, k e i n e Sahne“, meinte Modo erstaunt, „sie schmeckt doch bestimmt viel besser als Öl?“ Wieder wurde eine Antwort von Ozo erwartet.

„Keine Sahne", gab Ozo etwas barsch zur Antwort, „und jetzt schau nach oben, die Wächterfähre müsste bald zu sehen sein!"

Doch es verging kaum eine Minute, da wurde er ein weiteres Mal gestört. Modo hatte erneut etwas mit seinem Onkel zu bereden.

„Warum trägt Königin Sylva keine Krone mehr, Onkel Ozo?", wollte Modo nun wissen und zupfte Ozo am Ärmel.

Ozo stellte sich taub und starrte stur weiter zum Himmel hinauf. Abermals zupfte Modo an seinem Ärmel, jetzt aber etwas heftiger. Als Ozo immer noch nicht antwortete, miaute Modo so laut er konnte.

„Früher sah die Königin viel schöner aus, ohne Krone sieht sie gar nicht mehr wie eine echte Königin aus!"

Ozos Schnurrhaare zitterten vor Entrüstung. So ein vorlauter kleiner Flohpelz wagte es, an der Königin herumzunörgeln, und dann auch noch so laut, dass es jeder hören konnte.

„Von königlichen Dingen scheinst du wirklich überhaupt nichts zu verstehen!", fauchte er ärgerlich. „Man kann ein Land doch auch ohne Krone regieren. Lernt ihr in der Schule denn gar nichts mehr?"

Aber leider hatte der gescholtene Modo Recht, zum Äußeren einer Königin gehörte einfach eine Krone. Etwas nachsichtiger erklärte er seinem Neffen also: „Modo, du weißt doch, dass die Eisenroboter damals, als sie uns überfallen haben, die Krone und den anderen Goldschmuck gestohlen haben. Es ist kein Krümel Gold mehr da, außerdem wirkt Königin Sylva auch ohne Schmuck majestätisch." Hoffentlich gab Modo jetzt endlich Ruhe. Doch der Kleine ließ nicht locker.

„Aber mit Krone wäre der Empfang doch noch schöner, nicht wahr, Onkel Ozo?"

Modo war jetzt vorsichtiger, er sagte *Empfang* und nicht *Königin*, sein Onkel hatte sich eben zu sehr aufgeregt. Aber Ozo hörte seinem Neffen jetzt wirklich nicht mehr zu. Seine Gedanken kreisten inzwischen um den Goldplaneten Aurum, dessen Lage nur auf der geheimnisvollen Sternenkarte eingetragen war, die versteckt im Magnetberg lag und von Marek streng bewacht wurde. Nur Marek und die Planetenwächter durften die Karte verwenden.

Es muss doch möglich sein, neues Gold zu holen, überlegte Ozo und entschied für sich, Sylva soll die prächtigste Krone tragen, die je den Kopf einer Königin geziert hat. Dann ist hoffentlich auch der kleine Flohpelz zufrieden. Ich muss nur Marek und Alubot für den Plan gewinnen.

Endlich war es dann so weit, die Wächterfähre kam in Sicht und landete mit donnerndem Getöse. Den Wächtern und Alubot wurde beim Aussteigen zugejubelt, und die Königin hielt eine kurze Begrüßungsrede, danach bat sie alle Anwesenden zu sich ins Schloss, um die Rückkehr Alubots mit Sahne und anderen Leckereien zu feiern.

Ich bin gespannt, ob Alubot jetzt doch lieber die Sahne will, dachte Modo. Er wollte Alubot beim Feiern jedenfalls auf keinen Fall aus den Augen lassen.


## Ozos Plan

Am Abend dann, als die Wächter wieder abgereist und auch die Carpioner, die Alubots Rückkehr gefeiert hatten, wieder nach Hause gegangen waren, saßen Alubot, Marek und Ozo noch gemütlich zusammen in Alubots Zimmer im Schloss. Alubot, der nach Modos Beobachtungen die Sahne tatsächlich nicht angerührt hatte, hatte heute immer wieder von seinem Erdenbesuch bei Pit erzählen müssen, und – vor allem – warum er sich entschlossen hatte, wieder nach Carpion zurückzukehren.

„So wie es aussieht, passt du auch wirklich nicht mehr in dein altes Heim auf der Erde", fand Marek. „Du bist kein Spielzeug mehr, und wie die Menschen auf einen selbstständig denkenden Roboter reagieren würden, weiß man auch nicht. Außerdem hat dieser Pit ja nun einen neuen Roboter."

Ozo hatte inzwischen keine Lust mehr, immer nur von diesem Pit zu reden, der für ihn saure Milch von gestern war.

Ich muss endlich auf das Gold zu sprechen kommen, überlegte Ozo, und zwar sofort!

Mit einem Satz sprang er vom Stuhl hoch, riss die Zimmertür auf und spähte auf den Flur hinaus. Marek und Alubot waren verwundert.

„Was ist denn jetzt los, droht Gefahr oder beißen dich nur die Flöhe?", fragte Marek und erntete einen strafenden Blick von Ozo.

„Man prüft immer, ob ein Spion hinter der Tür steht, wenn es um Gold geht", flüsterte Ozo ihnen nun verschwörerisch zu und setzte sich wieder an den Tisch. „Unsere Königin braucht unbedingt eine neue Krone, und wir drei werden ihr die größte und prächtigste besorgen, die man je auf Lanugon gesehen hat. Die anderen Bürger sind auch dafür." Dass es bis jetzt nur Modo war, den die fehlende Krone störte, brauchten Alubot und Marek nicht zu wissen.

„Und woher willst du das Gold nehmen?", fragte Marek belustigt. „Hier auf Lanugon wirst du keines finden. Oder hast du beim Angeln einen Goldfisch an Land gezogen?"

„Von *Aurum* werden wir es holen, wir haben ja deine Karte", miaute Ozo siegesgewiss.

Marek und Alubot sahen sich eine Zeit lang sprachlos an, Ozo hatte sie regelrecht überrumpelt. Beide hätten ihm deshalb gern ein paar ernste Worte gesagt, aber es ging hier um die Königin und eine neue Krone.

Ozo brauchte deshalb auch keine weiteren Überredungskünste bei seinen Freunden anzuwenden. Nach einem raschen Seitenblick zu Marek, der kurz aufseufzte, sagte Alubot: „Also gut, Ozo, wir sind dabei! Aber ohne Raumschiff nützt uns auch Mareks Karte nichts, oder hast du schon eines besorgen können?"

Ozo wusste, dass er es geschafft hatte, und ließ seine Helfer nicht mehr von der Angel.

„Ein bisschen mitarbeiten müsst ihr beiden schon noch, ich habe schließlich den Plan gehabt. Marek kann die Karte holen und den Weg nach Aurum austüfteln, während du, Alubot, das Raumschiff fliegst. Du wirst schon eines für uns finden. Wie gut, dass mir die Ideen nie ausgehen", brüstete sich Ozo, „ihr beide wärt doch nie auf den Gedanken gekommen, dass die Königin eine neue Krone braucht."

Marek und Alubot konnten Ozo leider nicht widersprechen, von Modos Nörgelei hatten sie ja nichts mitbekommen.

„Wegen des Raumschiffs muss ich erst die Wächter um Rat fragen, so einfach, wie Ozo sich das alles denkt, geht es sicher nicht." Alubots aufgeregte Roboterstimme dröhnte etwas laut in den empfindlichen Ohren seiner Freunde. „Wenn wir bloß ein eigenes Raumschiff hätten, dann wäre alles viel einfacher."

Auch für Marek gab es genug zu tun. Er musste zurück an seinen Arbeitsplatz im Magnetberg und eine Skizze vom Weg zum Planeten Aurum anfertigen, denn die echte Karte wollte und durfte er nicht mit auf Reisen nehmen; er musste sie sogar wegen seiner längeren Abwesenheit noch zusätzlich vor Räubern sichern.

Am nächsten Morgen ging Alubot gleich zur Funkstation hinüber und bat Lynx, ihm eine Verbindung zur Wächterstation auf Botanis herzustellen.

Wächter Kleeblatt, ein stimmgewaltiger Botaner, meldete sich:

„Interplanetare Funkstation Botanis ... Wächter Kleeblatt am Apparat ... wer spricht?"

Alubot selbst meldete zurück: „Hier IF Carpion ... Alubot am Funkgerät ... ich benötige dringend ein kleines Raumschiff ... könnt ihr Wächter mir eines leihen ...?"

Nach einer kurzen Pause antwortete Kleeblatt: „IF Botanis bedauert ... kein Raumschiff frei ... empfehlen dir Mietraumschiff aus Bota ... sollen wir eines für dich anfordern?"

Bevor Alubot sich überhaupt Gedanken darüber machte, wie viel das kosten würde, hatte er schon „Ja!" gesagt.

Als Marek später hörte, dass Alubot ein teures Mietraumschiff bestellt hatte, machte er sich Sorgen.

„Wenn wir keinen Erfolg haben, dann sitzen wir auf einem Berg Schulden, die Königin kann es jedenfalls nicht bezahlen. Außerdem müssen wir sehr vorsichtig sein, denn keiner außer den Carpionern und dir sollte der Zweck unserer Reise bekannt sein, sonst locken wir noch räuberisches Gesindel an."

Ozo lenkte sofort ein. „Du immer mit deinen Unkereien, wenn du beim Abzeichnen der Karte keinen Fehler gemacht hast, finden wir auch Gold, sehr viel Gold, wie ich vermute, und Fremden gegenüber sind wir Carpioner immer verschwiegen, ich sowieso. Wichtig ist jetzt, dass die Botaner das Raumschiff schnell bringen, damit wir bald das Gold einsammeln können." Ozo sprang umher und tat so, als würde er schon Gold vom Boden aufheben.

Es dauerte keine zwei Tage, bis das Mietraumschiff eintraf. Der Pilot des Schiffes, ein Botaner mit Namen Tulpe, bat, weil sie ihn auf ihrem Flug nicht an Bord haben wollten, um Unterkunft und Verpflegung.

„Nach Bota zurück kann ich ohne das Raumschiff schließlich nicht", entschuldigte sich Tulpe, „und außer einem Schlafplatz und Trinkwasser brauche ich hier bei euch auch nichts."

„Tulpe kann bei mir wohnen", meinte Ozo großzügig, „das kostet uns dann nichts extra."

Das war, wie es schien, eine gute Lösung, und sogleich machten sich Ozo und Tulpe auf den Weg zu Ozos gelber Wohnpyramide am Stadtrand.

„Wie viele Tage werdet ihr eigentlich unterwegs sein?", wollte Tulpe wissen. „Ich muss euch schließlich noch den Mietpreis für die Fähre berechnen, und wohin soll die Reise denn gehen? Kommt ihr mit so einer komplizierten Bordtechnik überhaupt allein zurecht? Soll ich euch nicht doch lieber begleiten, das kostet nichts extra?"

Ozos Nackenhaare begannen sich leicht zu sträuben, zuerst fragte ihm Modo ein Loch in den Bauch und jetzt noch dieser Botaner. Nur der Höflichkeit halber rang Ozo sich zu einer Antwort durch.

„Wir wollen nur ein paar Übungsflüge machen, Alubot soll noch ein paar Flugmanöver dazulernen. Marek und ich passen dabei ein wenig auf ihn auf, damit er sich in der Milchstraße nicht verirrt. Wir sind wohl in zwei Wochen zurück, deine Hilfe ist wirklich nicht nötig, wir kommen schon allein zurecht."

Tulpe sah überrascht aus. „Das wird aber ein teurer Übungsflug, zahlt denn eure Königin, oder seid ihr so reich, dass ihr drei das allein bezahlen könnt?"

„Du hast wohl Angst, dass du keinen Goldklumpen abkriegst!", miaute Ozo ohne nachzudenken, dann aber wurde ihm abwechselnd heiß und kalt in seinem Pelz. Was hatte er da bloß herausmiaut. Es sollte doch kein Fremder etwas vom Flug zum Goldplaneten wissen. Aber der Schaden war schon angerichtet.

„Ein Klumpen reicht mit Sicherheit nicht, Ozo", meinte Tulpe und grinste frech. „Drei Klumpen müssen es schon sein, sonst will ich das Raumschiff auf der Stelle zurückhaben!"

Ozo schluckte, jetzt war er wirklich in Schwierigkeiten.

„Das ist glatte Erpressung", fauchte er so stark, dass Tulpes Blütenkopf dabei schwankte, „drei Klumpen sind sogar unverschämt viel!"

„Weiß ich auch", sagte Tulpe aalglatt und lief unbeeindruckt weiter neben Ozo her, „aber ich muss das Gold schließlich mit der Raumschiff-Verleih-Firma teilen. Mir bleiben also nur zwei armselige Klumpen. Der erste ist dafür, dass ich vergesse, dass ihr drei ja wohl zum legendären Planeten Aurum fliegt, versuch es gar nicht erst abzustreiten, jeder auf Botanis hat schon mal von ihm gehört. Im Gegensatz zu den meisten Leuten glaube ich aber an Märchen, vor allem, wenn von unermesslichem Reichtum die Rede ist. Der zweite Goldklumpen ist dafür, dass ich euch sehr viel Glück bei eurer Suche wünsche, ihr werdet es brauchen, denn wie wollt ihr sonst eure Schulden bezahlen!"

Ozo hatte genug, kurzentschlossen packte er Tulpe am Kragen seiner bunt gestreiften Jacke und schleifte den heftig protestierenden Botaner zurück zum Raumschiff.

Alubot und Marek, die im Inneren des Raumschiffes bereits einige Vorkehrungen für den Flug trafen, waren höchst verwundert, weil Ozo Tulpe wieder mit zurückgebracht hatte. Außerdem, warum stritten die beiden sich so heftig? Bevor Marek oder Alubot etwas fragen konnten, sprudelten die Worte „Tulpe weiß alles!" nur so aus Ozo heraus.

„Dieses gemeine Blümchen will drei Klumpen von unserem Gold abhaben, stellt euch das einmal vor, d r e i Klumpen!"

„Und woher weiß das Blümchen überhaupt etwas von dem Gold?", fragte Marek gefährlich leise und ließ Ozo dabei nicht aus den Augen.

„Woher soll ich das denn wissen!", log Ozo frech, um sein Fell zu retten. „Ich hab ihm nur gesagt, dass er anständig bezahlt wird."

Tulpe riss sich jetzt aus Ozos Griff los.

„Der unverschämte Kater hat selbst vom Gold gesprochen. Ich musste schließlich nach der Bezahlung fragen, denn ein Raumschiff zu mieten ist schließlich nicht billig. Und ich bekomme entweder drei Klumpen Gold von euch oder mein Schiff zurück."

Die Situation hatte sich festgefahren. Ozo hielt es nicht länger aus und fuhr Alubot heftig an: „Nun sag du doch auch endlich mal was!"

Alubot erschrak regelrecht, so aufgeregt hatte er Ozo ja noch nie gesehen, und er begriff auch, dass jetzt wirklich sofort eine Entscheidung gefällt werden musste, sonst würde die Königin nie eine Krone bekommen.

„Wir nehmen Tulpe am besten mit nach Aurum", schlug Alubot vor, „er darf sich die zwei extra Goldklumpen selbst suchen und kann uns dann auch keine lästige Goldgräberflotte hinterherschicken."

Marek wusste ebenfalls, dass es besser war, diesen gierigen Botaner mitzunehmen, als ihn hier unbeaufsichtigt zurückzulassen.

114

„Gut, er soll mitkommen, aber vom Steuer und von meiner Karte lässt er seine Blätterhände. Er darf auf keinen Fall Gelegenheit haben, sich die Flugroute zum Planeten Aurum zu merken."

Tulpe schien mit dieser Entwicklung der Dinge sehr zufrieden zu sein. „Ich fliege gern mit euch", stimmte er zu, „aber ich will dann jeden Klumpen Gold, den ich finde, selbst behalten. Zusätzlich bekomme ich dann von euren noch einen ab als Miete für das Schiff, sonst weigere ich mich einzusteigen."

So ein gerissener Pflanzenstängel, grollte Marek innerlich, aber er stimmte trotzdem zu. Ein weiteres Besatzungsmitglied an Bord konnte sogar von großem Vorteil sein.

„Einverstanden, Tulpe, dann hilf Ozo jetzt, den Proviant an Bord zu bringen, wir wollen heute noch abfliegen!"

## Aufbruch zum Planeten Aurum

Während Alubot und Marek sich jetzt weiter um die letzten Vorbereitungen für den Flug kümmerten, sorgte sich Ozo mit echter Hingabe um den Proviant. Viele Kisten und Fässer wanderten aus Rondo Fleckfells Fischladen direkt in den Bauch des kleinen Raumschiffes. Wäre Ozo mehr Zeit geblieben, hätte er den Proviant lieber selbst geangelt.

„Ich hatte wirklich keine andere Wahl!", ärgerte sich Ozo, denn Rondo und er konnten sich schon seit der Schulzeit nicht riechen, und nur diese dringende königliche Angelegenheit rechtfertigte den Kauf der Fische bei Rondo. Natürlich wurden auch noch Milch- und Wasserflaschen, Sahnekrüge und selbstverständlich Schmieröl für Alubots Gelenke im Laderaum verstaut; das war Tulpes Aufgabe.

Endlich, nach drei Stunden harter Arbeit, konnte die Reise beginnen. Die Antriebsraketen dröhnten und das Raumschiff hob ab. Wie bei Alubots Rückkehr standen die Königin mit Gefolge und viele Carpioner am Rande des Start- und Landeplatzes und winkten.

Königin Sylva war höchst erfreut, aber auch sehr besorgt, weil die drei Freunde Gold für die neue Krone holen wollten. Auf Aurum – wie auf jedem anderen Planeten – lauerten sicherlich viele Gefahren. Lange blickte sie dem davonbrausenden Raumschiff hinterher. Als sie sich wieder umwandte, um zum Schloss zurückzugehen, sah sie in der Zuschauermenge etwas funkeln. Was war denn das? Modo wagte sich bis zur Königin und reichte ihr ziemlich ungeschickt eine selbst gebastelte Krone aus Goldpappe.

„Die reicht doch, bis die neue fertig ist", murmelte er verlegen, „oder nicht?"
Sylva zupfte Modo am Ohr und lachte.
„Diese Krone ist einfach toll, ich werde sie gleich aufsetzen."
Modos Augen strahlten.

Das erste Problem für die vierköpfige Besatzung des Goldsucherschiffes stellte sich schon am zweiten Tag ein, als aus einigen der Proviantkisten und Fässern ein widerlicher Gestank drang. Marek öffnete sie vorsichtig, doch der penetrante Geruch, der ihm entgegenschlug, konnte sogar den härtesten Kater umwerfen.

„Was hast du dir da bloß zusammengekauft, Ozo?", tadelte er und blickte angeekelt auf die fauligen Fische. „Man darf wirklich keinen hungrigen Kater zum Einkaufen schicken! Wenn der Rest in den anderen Behältern auch so schnell verrottet, werden wir bald verhungern", schimpfte Marek und belehrte Ozo. „Qualität vor Quantität, Ozo! Merk dir das fürs nächste Mal!"

„Und ich sage, Rondo hat Schuld!", fauchte Ozo zurück. „Er hat uns seine alten Stinkefische absichtlich untergejubelt."

Es war schlimm, überall im Schiff breitete sich dieser üble Geruch aus. Marek und Ozo verspürten quälende Übelkeit vom Gestank der verfaulten Fische und der geronnenen Milch. Alubot roch zu seinem Glück nichts, ihn störte eigentlich nur Ozos nicht enden wollende Meckerei über Fischhändler Rondo, denn Ozo selbst fühlte sich in keiner Weise schuldig. Er hatte ein sauberes Fell.

Und Tulpe meinte in dieser Angelegenheit nur: „Eure Nahrung hat wirklich einen sonderbaren Duft, wir Botaner bevorzugen eher süßliche Duftnoten für unsere Getränke oder ganz geruchlose flüssige Nahrung, aber an diesen könnte ich mich auch gewöhnen!"

Aber wohin nun mit dem Abfall? Einfach gleich nach draußen ins All entsorgen, konnte man die verdorbene Ladung nicht. Sie würde vereisen und anderen Raumschiffen gefährlich werden.

„Wir sollten einen kleinen Umweg in die Nähe einer Sonne machen", schlug

Tulpe vor. „Eure Ladung wird sofort von der Schwerkraft des Sterns angezogen und verglüht. Aber meinetwegen kann die Ladung auch an Bord bleiben, ich finde den Duft immer angenehmer."

Kaum hatte Tulpe ausgeredet, rief Marek schon: „Alubot, steure sofort die nächste Sonne an und beeil dich bloß! Oh, ist mir übel!"

Ozo saß unterdessen direkt neben dem Gebläse der Klimaanlage und versuchte dort etwas bessere Luft einzuatmen. Es dauerte auch gar nicht lange und Marek setzte sich neben ihn, um etwas von dieser gefilterten Luft abzubekommen.

Obwohl die Fähre mit Höchstgeschwindigkeit der Sonne entgegenflog, kostete sie der Umweg zur Sonne ganze zwei Tage. Natürlich durften sie nicht zu dicht heranfliegen, eben nur so dicht, dass die Ladung von allein in die Sonne stürzen würde.

Mühsam schoben sie die stinkende Ladung durch die Luftschleuse und beförderten sie nach draußen. Obwohl sich der faulige Fisch und die saure Milch nun nicht mehr an Bord befanden, hielt sich der Gestank hartnäckig.

Erst am zehnten Tag landeten sie auf Aurum, einem großen Planeten mit vielen Wüsten und ausgetrockneten Flussbetten, wo das Gold massenweise in großen und kleinen Klumpen liegen sollte. Ozo riss die Einstiegsluke auf, sprang als Erster hinaus und atmete dankbar die staubige, aber wenigstens frische Wüstenluft ein. Tulpe drängelte gleich hinter Ozo her, um eine möglichst gute Ausgangsposition bei der bevorstehenden Suche zu haben. Doch er wurde glatt von Marek umgerannt, der wie Ozo nur an etwas frischer Luft interessiert war und das Protestgeschrei des zu Boden gegangenen Botaners komplett überhörte. Alubot stieg als Letzter aus und verschloss sorgsam die Einstiegsluke von außen, damit kein Sand, Getier oder sonst wer eindringen konnten.

„Miau! Alubot! Was machst du da? Lass es doch erst einmal richtig auslüften!", protestierten Marek und Ozo gleichzeitig und rissen gemeinsam die Luke wieder auf.

„Dann macht ihr sie später aber auch wieder zu", wies Alubot die beiden an, „ich kann schließlich nicht riechen, wann die Luft für euch wieder rein genug ist."

Gern ließ Alubot die Raumfähre mit der geöffneten Luke nicht zurück, jeder hätte jetzt einsteigen und auf und davon fliegen können, und dann würden sie

117

hier wohl auf ewig festsitzen. Er sah sich deshalb lieber noch einmal genau um, aber in dieser Wüstenlandschaft war weit und breit kein Fremder zu sehen. Trotzdem, allzu weit wollte er sich von der Fähre jedenfalls nicht entfernen.

## Goldsuche

Die Suche nach dem Edelmetall in einem nahen ausgetrockneten Flussbett begann unverzüglich. Überall schien es im Sand zu funkeln und zu glitzern.

„Gold, Gold, Gold!" Ozos Augen glänzten inzwischen wie das vor ihnen liegende Metall. Rondo und die Stinkefische waren erst einmal vergessen. Ozo rannte von einem Goldklumpen zum nächstgrößeren, er wollte schließlich nur die größten Brocken, die kleinen konnte ja der schmächtige Tulpe einsammeln. Doch auch Tulpe war nur an den großen Goldklumpen interessiert. Fünf Stück hatte er schon bald auf einen Haufen gerollt und lautstark darauf hingewiesen, dass das seine wären. Alubot und Marek suchten ebenfalls nach lohnenden Brocken, ließen sich aber nicht wie Ozo und Tulpe vom Gold vollständig aus der Ruhe bringen. Sie schichteten gemeinsam einen Haufen aus Goldklumpen auf und horteten nicht, wie Ozo und Tulpe, jeder einen eigenen.

„Das wird die prächtigste Krone der ganzen Planetenwelt", jubelte Ozo und stürzte sich auf einen besonders großen Klumpen, den Tulpe im selben Augenblick ebenfalls entdeckt hatte. Nachdem sie beide darauf zugehechtet und mit den Köpfen zusammengestoßen waren, folgte großes Geschrei von Diebstahl und Räuberei. Marek und Alubot mussten schlichten und beide vom Stein losreißen.

„Wir machen erst einmal eine Pause", schlug Marek vor. „Wir sollten dringend etwas trinken, und Alubots Panzer hat sich derart stark aufgeheizt, dass er erst einmal abkühlen muss. Kommt, wir setzen uns einen Moment in den Schatten des Schiffes!"

Nur unwillig folgten Ozo und Tulpe zum vorgeschlagenen Ruheplatz.

Die ganze Zeit beäugten sie sich argwöhnisch, und Alubot verstand ihren Neid untereinander nicht.

„Es ist doch genug Gold da, warum haltet ihr keinen Frieden? Wir benötigen doch nur etwas für die neue Krone, einen Klumpen für die Schiffsmiete und dann noch ein wenig für die Staatskasse. Mehr brauchen wir nicht! Und Tulpe sollte sich selbst auch nicht zu viel Gold suchen, das fällt nur auf und lockt Gesindel an."

„Merkt euch das gefälligst!", ermahnte Marek die beiden. „Wir Carpioner hätten sonst schon längst Gold in Massen holen können, aber wir leben lieber etwas bescheidener und dafür friedlicher."

Doch so einfach war das mit dem Frieden zwischen Ozo und Tulpe leider nicht.

Der dicke Klumpen ist trotzdem für Königin Sylva und nicht für den gierigen Botaner, dachte Ozo und starrte von seinem Platz aus auf den im trockenen Flussbett glänzenden Stein, als wollte er ihn mit den Blicken festhalten. Tulpe, der Ozos Gedanken ahnte, flüsterte leise:

„Den Klumpen schnappe ich dir unter deinen Schnurrhaaren weg, Kater, der Klumpen ist meiner!"

Marek gab jetzt das Zeichen zum Aufbruch. „Wir machen weiter, es soll nicht erst dunkel werden."

Bevor er und Alubot sich erhoben hatten, waren Tulpe und Ozo schon aufgesprungen und auf dem Weg zum selben Goldklumpen. Tulpes Blütenkopf schwankte beim Laufen hin und her, während Ozo wie ein Panther aussah, der seine Beute hetzt.

Ozo grapschte als Erster nach dem Klumpen.

„Miii...au ...!" Ozo ließ den Brocken sofort wieder los und stolperte rückwärts. Er zitterte am ganzen Körper.

„Da, da, ...schaut d...doch, der Stein le...lebt!"

Tulpe wagte jetzt nicht mehr, ebenfalls nach dem Gold zu greifen, und blieb wie angewurzelt stehen. Marek und Alubot kamen angelaufen und warfen einen schnellen Blick auf den glänzenden Goldbrocken.

„Der Stein hat sich bewegt", miaute Ozo noch einmal, „das Gold ist lebendig!" Seine Fellhaare waren aufgerichtet wie Igelstacheln, während aus Tulpes sonst rotem Blütenkopf alle Farbe gewichen zu sein schien.

Marek ergriff sein von allen Feinden gefürchtetes Bleirohr, das er sicherheitshalber mit auf die Reise genommen hatte. Damit stocherte er nun vorsichtig am und unter dem unheimlichen Goldbrocken herum. Der Stein bewegte sich tatsächlich etwas. Marek wich zurück ...

Ein tellerartiges, braungepanzertes Tier mit einem Stachelkranz rund um den Rand kroch unter dem Goldklumpen hervor, alle Stacheln in Richtung Feind gestellt.

„Ein Stich von diesem Lebewesen ist bestimmt tödlich", warnte Marek, „seht euch bloß vor!"

Alubot war der Einzige, der sich im Augenblick vor diesem giftigen Tier sicher fühlen konnte. Bevor es seinen Freunden oder Tulpe zu nahe kommen und stechen konnte, packte er es geschickt und hob es auf. Das Tier war beweglicher als gedacht und wehrte sich heftig. Mehrmals hieb es kräftig mit seinen Giftstacheln auf Alubots Hände ein.

„Das nützt dir nichts", lachte Alubot, „meine Haut ist aus Metall."

Rasch trug er es ein gutes Stück weiter fort, damit es den anderen nicht mehr gefährlich werden konnte. Kaum losgelassen, verschwand das gepanzerte Tier wieder unter einem schützenden Stein.

Doch den vieren wurde keine Verschnaufpause gegönnt. Eine neue Gefahr drohte in Gestalt einer bräunlichen Schlange, die mit einem Mal böse zischend aus einem Erdloch herausschlüpfte, da sie sich von den Goldsuchern gestört und bedroht fühlte. Unvermittelt kroch sie auf Marek zu, um ihn zu beißen. Geistesgegenwärtig stieß Marek sie mit dem Bleirohr zurück, bevor sie ihn mit ihren Giftzähnen verletzen konnte. Doch so schnell gab die Schlange nicht auf, die Störenfriede sollten verschwinden. Sie schlängelte sich nun gefährlich nahe an Ozo heran ...

„Na warte, du elender Giftwurm!", donnerte Alubots Stimme in die Wüstenstille hinein, ehe er zwischen Ozo und Schlange sprang, um seinen Freund zu schützen. Fest packte er den sich windenden Schlangenkörper und schleuderte ihn weit von sich. Die Schlange hatte tatsächlich noch zubeißen können, doch das Schlangengift tropfte wirkungslos von Alubots Panzerung herunter und versickerte im trockenen rotbraunen Sand.

Welche Gefahren würden hier noch auf sie warten? Unter jedem Stein, in jeder Bodenvertiefung schien eine neue Bedrohung zu lauern. Jetzt waren auch noch unheimliche kreischende Laute zu vernehmen, von unbekannten Flugtieren ausgestoßen, die am Himmel ihre Kreise zogen.

„Diese grässlichen Schreihälse haben uns auch schon im Auge", miaute Ozo sichtlich nervös. „Ich will hier weg, und zwar sofort! Wir haben genug Gold für die Krone gesammelt, sie wird sonst viel zu schwer für unsere zierliche Königin."

Sein Goldrausch war restlos verflogen. Tulpe erging es wohl ebenso. Immer noch blass und von der Sonne leicht angewelkt, sah er richtig elend aus, auch er wollte nur noch heim.

„Ein paar Goldreserven für die Staatskasse brauchen wir noch", entschied Marek und sammelte unbeirrt weiter, „aber lasst uns trotzdem bald abreisen, bevor die restlichen Vorräte auch noch verderben und stinken." Er hielt sich demonstrativ die Nase zu. Ozo fand das gar nicht lustig.


## Die Heimreise nach Lanugon

Beladen mit zwei Kisten voller Goldklumpen für die Königin und dem Gold, das Tulpe zustand, startete das kleine Raumschiff schließlich zur Heimreise nach Lanugon. Ozo und Marek stritten zu Alubots Verdruss schon wieder wegen der verdorbenen Nahrungsmittel, wenigstens Tulpe saß still in einer Ecke und polierte sein Gold. Erst als ihr Schiff in die Umlaufbahn des Heimatplaneten einschwenkte, kehrte wieder Frieden und etwas Fröhlichkeit ein. Die Landung wurde vorbereitet.

Mit Jubelrufen und verständlicher Neugier wurden sie von den Carpionern begrüßt. Tulpe hatte für diesen Trubel überhaupt nichts übrig, denn er wollte sofort weiter nach Botanis fliegen. Natürlich vergaß er nicht, seine eigenen Goldbrocken und den extra Goldklumpen für die Raumschiffmiete mitzunehmen. Tulpe – heilfroh, diesen Auftrag abgeschlossen zu haben – hatte sich wider Erwarten an Alubots Rat gehalten, nicht allzu viel Reichtum anzuhäufen, und für sich selbst deshalb nur zwei Klumpen eingepackt. Diese Carpioner und dieser Roboter schienen nicht unbedingt nach seinem Geschmack zu sein, aber es hatte sich gelohnt, für sie zu arbeiten. Zwei prächtige Goldklumpen gehörten ihm nun ganz allein, den dritten musste er ja leider bei der Verleihfirma abliefern.

„Der erste Luxus, den ich mir gönne, ist die Medizin *Blüh fix und schön*", beschloss Tulpe, denn sein ehemals prächtiger roter Blütenkopf und seine saftigen grünen Blätter hatten auf Aurum in der Hitze stark gelitten. Dieses Blüh fix und schön war eine teure Wundermixtur von Professor Gerstenkorn aus dem

Forschungslabor 99, wo auch der böse Wissenschaftler Malum Nesselkraut einst gearbeitet hatte, bevor er den Carpionern mit seinen Riesenpflanzen übel mitspielte. Normalerweise war die Mixtur für den durchschnittlich verdienenden Botaner kaum erschwinglich, aber jetzt konnte er sie sich leisten.

Als Nächstes kaufe ich mir ein noch größeres Haus, am besten fast ganz aus Glas, damit mich sanftes Sonnenlicht den ganzen Tag über verwöhnen kann. Einen eigenen Brunnen könnte ich mir im neuen Haus auch noch bohren lassen, und den Rest des Goldes werde ich ebenfalls schnell ausgeben, dann brauche ich jedenfalls keine Angst vor Golddieben zu haben und kann ruhig schlafen.

Mit diesen angenehmen Gedanken flog Tulpe heim zum Planeten Botanis.


Die ausgeladenen Kisten wurden nun im Triumphzug von den Carpionern in die Stadt getragen, die eine Kiste kam zu Graffiti in die Werkstatt, während die andere bis zur Kronenfeier im Schloss bei Ozo zu Hause abgestellt werden sollte. Die Goldsucher wurden immer wieder gelobt. Ozo erzählte nur zu gern, wie sie mit Giftdorn, so nannte Ozo das tellerartige Tier jetzt, und der Schlange um das Gold gekämpft hatten. Als diese dann aber in seiner Erzählung größer als das Raumschiff geworden waren, lief auch der letzte gutgläubige Zuhörer kopfschüttelnd davon.

„Ist das peinlich", brummte Marek verstimmt, „dieser verlauste Kater hat beim Schwindeln überhaupt keine Skrupel!"

Alubot schien eher amüsiert zu sein und verteidigte Ozos Flunkereien ein wenig. „Lass ihn doch, es schadet doch niemandem!"


## Modos Missgeschick

Nun konnte endlich die Krone der Königin gefertigt werden. Der Teil des Goldes, der für die neue Krone verwendet werden sollte, wurde eingeschmolzen und zu Goldblech ausgewalzt. Aus diesen Blechen sollte Graffiti, der größte Künstler in ganz Carpion, die Krone formen. Er hatte bereits mehrere Entwürfe gezeichnet und ließ die Königin den ihrer Meinung nach schönsten auswählen. Danach zog er sich für mehrere arbeitsreiche Tage in seine Wohn- und Werkstattpyramide zurück, bis er die fertige Krone in den Händen hielt.

Stolz betrachtete Graffiti sein Werk. Die neue Krone für Königin Sylva war ihm meisterlich gelungen. Ozos Neffe Modo hatte ihm fast täglich bei der Goldschmiedearbeit zugeschaut. Für sein schmeichelhaftes Interesse an Graffitis Arbeit durfte Modo zum Schluss die Krone mit einem weichen Lappen auf Hochglanz polieren.

„Jetzt braucht die Königin keinen Spiegel mehr", entschied Modo. Neugierig betrachtete er dabei sein verzerrtes Spiegelbild auf dem blanken Kronenkranz. Zugegeben, schön sah er so nicht aus, aber auf keinen Fall langweilig. Wie sähe er wohl mit Krone auf dem Kopf aus? Dazu brauchte er einen richtigen Spiegel – und der da neben dem Waschbecken kam ihm gerade recht. Bevor Graffiti Modos Absichten überhaupt begriff, erklärte Modo schon feierlich vor dem Spiegel:

„Hiermit kröne ich mich zum Kö..."

„Halt, Modo, niiicht!", schrie Graffiti entsetzt und stürzte auf Modo zu, aber er konnte das Unglück nicht mehr verhindern. Modo trug jetzt goldenen Halsschmuck.

Modos verdutztes und Graffitis fassungsloses Gesicht waren nun beide im Spiegel zu sehen.

„Oh, du kleiner dummer Flohpelz! Die Krone ist doch viel zu groß für dich!", stöhnte Graffiti, während er gleichzeitig wie wild an der Krone zerrte. Aber obwohl die Krone Modo über Ohren und Nasenspitze gerutscht war, ohne irgendwo Schaden anzurichten, ließ sie sich nicht wieder problemlos abstreifen. Modo zappelte herum, ängstlich bemüht, den sieben spitzen Zacken der Krone zu entgehen, die ihn schließlich in Nase oder Augen stechen konnten.

„Werde ich jetzt König, wenn die Krone nicht wieder abgeht?" Ein kleiner Hoffnungsfunke glomm in Modos Augen. „Wenn ich groß bin, kann ich ja auch Königin Sylva heiraten, dann bleibt die Krone in der Familie."

Graffiti war verzweifelt, er musste jetzt so schnell wie möglich Hilfe holen.

„Rühr dich ja nicht von der Stelle, bis ich wiederkomme!", fauchte er und stürmte zur Tür hinaus.

Eine Stunde später herrschte Hochbetrieb in der Werkstatt, natürlich nur wegen Modos Missgeschick. Überall drängten sich sowohl hilfsbereite als auch schaulustige Carpioner, die dem aufgeregten Künstler unaufgefordert gefolgt waren. In der Mitte des Raumes thronte Modo wie ein Häufchen Unglück auf einem Hocker, während Modos Eltern, Ozella und Kalli Schnurr, ihren Sohn zu trösten versuchten; seine Mutter flößte ihm sogar ein Gläschen Sahne ein.

Ozo, Marek und Alubot waren ebenfalls zum Helfen herbeigeeilt.

„Keine Angst, Modo, das olle Ding ist schneller wieder ab, als ein Fisch an meinem Haken zappelt, und du weißt, ich bin der beste Angler weit und breit", beruhigte Ozo seinen Neffen. Modo hätte gerne tapfer genickt, sein Onkel angelte immer besonders leckere Fische, doch wegen der Zacken traute er sich nicht den Kopf zu bewegen.

Nun wurde angestrengt darüber nachgedacht, wie man die Krone entfernen konnte, ohne Modo zu verletzen. Alle gaben sich die größte Mühe, doch die gut gemeinten Ratschläge waren oft unbrauchbar oder sogar gefährlich und wurden deshalb sofort abgelehnt.

Man stelle sich nur vor, die Krone mit einer Fackel in Halsnähe wieder einzuschmelzen oder sie einfach wie einen Baumstamm durchzusägen. Das war einfach unmöglich!!!

Modo, der das natürlich alles nicht überhören konnte, wurde sichtlich heiß in seinem Pelz, wobei die Krone immer enger zu sitzen schien. Jeder neue Ratschlag mutete bedrohlicher als der vorherige an.

Unangenehmerweise war es heute auch noch besonders warm in der Werkstatt. Die Carpioner schwitzten in ihrem dichten Katzenfell und sogar von Alubots Blechstirn tropfte Schmieröl auf den Boden.

Hoffentlich rutscht keiner darauf aus!, dachte Alubot besorgt – und noch im selben Augenblick hatte er die Lösung für diese verzwickte Lage.

Kurze Zeit später glänzte Modos Kopf wie die Goldkrone vom Polieren, nachdem Alubots Ölkännchen bis zum letzten Tropfen über Modos Kopf geleert worden war. Trotz Graffitis Protestgeschrei bog Alubot auch noch die spitzen Zacken der Krone mit einer Zange etwas nach außen.

„Das kannst du nicht machen, mein schönes Kunstwerk!", klagte er und hätte Alubot am liebsten das Werkzeug aus der Hand gerissen.

„Wir haben es bald geschafft, Modo", sprach Alubot dem verängstigten kleinen Kater Mut zu.

Jetzt kam der entscheidende Moment ...

Graffiti und Ozo hielten Modo jetzt unten an den Beinen fest, während Marek und Alubot oben vorsichtig und gleichmäßig an der Krone zogen.

Schwupp, und die Krone glitt mühelos über Modos eingeölten Kopf, was von den schaulustigen Carpionern mit einem begeisterten Beifallssturm belohnt wurde.

Das verbogene Meisterwerk wurde sofort im Werkstattschrank eingeschlossen, damit es nicht noch mehr Schaden nehmen konnte. Graffiti atmete auf. Er hatte sich wieder beruhigt, und Modos Eltern waren glücklich ihren Sohn unverletzt mit nach Hause nehmen zu können.

Modo warf dem Schrank mit der Krone dennoch einen letzten sehnsüchtigen Blick zu. Schade, nun wurde doch nichts mehr aus der Heirat mit der Königin.


## Ungeladene Gäste

Am kommenden Tag wollte Graffiti die reparierte Krone zur Königin zum Schloss hinauftragen, nachdem er die ganze Nacht daran gesessen hatte, um sie wieder in Form zu bringen. Alle Carpioner waren eingeladen, um die Königin mit der neuen Krone zu bewundern.

„Hoffentlich passt die Krone, wenn Graffiti Schmuck genauso schlampig bearbeitet wie seine Bilder, gibt es, wie gestern mit Modo, ein fürchterliches Drama!"

Ozo ließ schon wieder kein gutes Fellhaar an Graffiti. Marek hatte absolut keine Lust auf ein neues Streitgespräch mit Ozo, der Flug zum Planeten Aurum war schon schlimm genug gewesen.

Deshalb meinte er nur: „Die Krone wird schon passen, sorg dich lieber darum, dass die Kiste mit dem Gold für die Staatskasse sofort ins Schloss gebracht wird. Du kannst ja Alubot fragen, ob er dir beim Tragen hilft!"

Gesagt, getan. Die Kiste wurde vor den Thron der Königin gestellt, die inzwischen schon die wunderschöne neue Krone trug. Jetzt öffneten Alubot und Ozo die Kiste, um ihr den Goldschatz für die Staatskasse zu zeigen.

„Iiiiiiih ...!" Ein schriller Angstschrei zog sich durch den Thronsaal, während Königin Sylva ohnmächtig zusammensank, die neue Krone von ihrem Kopf rutschte und auf den Boden kullerte.

Zofe Myra erklomm in rasender Eile den nächsten Stuhl und schrie: „Hilfe, ein Attentat! Fangt die Untiere! Rettet die Königin!"

Ein wahrer Tumult brach im Saal los, jetzt stürmten auch noch die Schlosswachen herbei, die Schwerter mutig zum Kampf erhoben. Alle Augen im Saal waren ausschließlich auf die Kiste gerichtet. Der vermeintliche Feind in der Kiste, drei kleine goldgelbe Vierbeiner mit roten Ohren und langen dünnen Schwänzchen, verlor keine Zeit mehr und kroch flink aus der Kiste zwischen dem Gold heraus und versuchte sich irgendwo zu verstecken. Es gelang Alubot gerade noch, die Saaltür zuzuschlagen, bevor die Tierchen nach draußen huschen konnten. Waren diese Winzlinge wirklich gefährlich?

Eine wilde Jagd nach den flinken Rotohren begann, wobei man sich mit Töpfen und Säcken bemühte sie einzufangen. Die Gefahr ging eigentlich nicht von den Gejagten sondern eher von den Jägern aus, die sich in ihrem Eifer selbst mit den Säcken und Töpfen fingen oder sich gegenseitig über den Haufen rannten.

Es dauerte fast zwei Stunden, bis man den Feind, die drei Rotohren, schließlich im Sack hatte.

Modo durfte sich als der eigentliche Held betrachten. Er hatte es geschafft, die Tierchen mit ein paar Brotkrumen anzulocken und endlich einzufangen. Gärtner Horti besah sich diese pelzigen Tierchen jetzt genauer.

„Die sind nicht gefährlich", erklärte er, „es sind nur harmlose Nagetiere, die sich wohl auf Aurum in eure Kiste verirrt haben."

Demonstrativ nahm er eines der drei Tierchen in seine Hand und streichelte es. Alle Carpioner starrten gebannt auf das kleine Pelztier.

„Eigentlich sind die Rotohren niedlich appetitlich." Ein Urinstinkt ließ Ozos Augen aufleuchten und das Wasser in seinem Munde zusammenlaufen. Auch andere Carpioner schienen plötzlich ein seltsames Interesse an den Geschöpfen zu haben.

„Wehe einer von euch setzt sie auf seine Speisekarte!", warnte Marek, „ihr Fleisch könnte giftig sein!" Er glaubte das zwar selbst nicht, aber diese Warnung schreckte auch den Hungrigsten ab. Doch wohin nun mit den Tierchen?

„Wie wäre es, wenn wir die Rotohren in Modos Obhut geben? Er könnte nach der ganzen Aufregung bestimmt ein wenig Ablenkung gebrauchen, außerdem hat er sie ja auch gefangen."

Alubots Vorschlag gefiel allen – vor allem Modo.

„Miau, prima", schnurrte der kleine Kater, „ich werd schon gut auf sie aufpassen." Schnell schnappte er sich den Sack mit den Rotohren und verließ den Saal. „Ihr braucht keine Angst zu haben", flüsterte er draußen den Tierchen zu, „Onkel Ozo traut sich jetzt nicht mehr, euch zu essen. Er denkt wirklich, dass ihr giftig seid, und die anderen wahrscheinlich auch."

Zu Hause angekommen, setzte Modo die Rotohren in einen engmaschigen Käfig und fütterte sie mit Käsestückchen und Brotkrumen.

„Ich könnte euch drei Ozo, Marek und Alubot nennen", meinte er nachdenklich, „oder lieber doch nicht?"

Modo beschloss mit den Namen noch etwas zu warten. Er würde Onkel Ozo fragen.

**Ende**